SHANGHAI METRICIAN
上海诗人

主编 赵丽宏 执行主编 季振邦

数码时代掠影

上海文艺出版社

SHANGHAI METRICIAN
上海诗人

主　编　赵丽宏

执行主编　季振邦

策　划　杨斌华　田永昌　朱金晨

常务副主编　孙　思
副 主 编　杨绣丽　徐如麒

编　辑　巫春玉　赵贵美　宗　月
　　　　钱　涛　王亚岗　张沁茹
　　　　征　帆　张健桐　罗　琳

上海诗人
2024 年 12 月　陆

主办单位　上海市作家协会
　　　　　上海文艺出版社

编　辑　《上海诗人》编辑部
地　址　上海巨鹿路 675 号
邮政编码　200040
电　话　021—54562509
　　　　021—62477175 转
电子信箱　shsrb@hotmail.com
　　　　　shsrbjb@163.com

头条诗人
004　去看灯塔的路上（组诗）　　　　　　海　男

名家专稿
009　王维变奏（组诗）　　　　　　　　　庄晓明
012　海　上（组诗）
　　　——写在北海涠洲岛上　　　　　　谢克强

特别推荐
015　盛开的白色（组诗）　　　　　　　　笑　虹
018　在时间流淌的方向上（组诗）　　　　任俊国
021　数码时代掠影（组诗）　　　　　　　李党生

散文诗档案
024　云梯谣·子午道（节选）　　　　　　成　路
030　甘南：沉吟与退思（组章）　　　　　牧　风
033　台上一分钟（组章）　　　　　　　　李佑启
036　光阴在东岗村慢了下来（组章）　　　张道发

华夏诗会
040　日常用品（组诗）　　　　（山东）冷　吟
042　闪电的峡谷（外六首）　　（四川）瘦西鸿
045　梅花之吻（组诗）　　　　（浙江）崔子川
047　秋风起（组诗）　　　　　（贵州）邹记福
048　风吹过岁月的栅栏（组诗）（福建）赖　微

051 行走的影子（组诗）　　　　（陕西）韩万胜
052 梦被咬出一个豁口（组诗）　（江苏）曹伯高
054 高炉一直醒着（外四首）　　（河北）王六成
056 粉色的画眉草（组诗）　　　（重庆）王景云
058 麦子熟了（外三首）　　　　（江西）张成良
060 村　口（外四首）　　　　　（安徽）梅　亭
062 早晨，你好（组诗）　　　　（湖北）刘益善

上海诗人自选诗

064 沉默与消逝（组诗）　　　　张　萌
066 麦积山像一座钟（组诗）　　谢　聪
070 速度只是身外之物（组诗）　许道军
072 风的语言（外三首）　　　　晓　松
073 云岗石窟（外三首）　　　　洪　亮
075 小窗之光（组章）　　　　　王崇党
077 多棱的剖面（组诗）　　　　刘国萍
080 忆昔青海行（组诗）　　　　金　谷

月旦评

082 怀乡游子、家国天下以及历史空间呈现
　　——评曹卫东诗集《策马千山》　杨斌华

诗坛过眼

087 个体生命的地理图
　　——谈曹向东诗的叙事性特质　王　云

浦江诗会

092 谈　谈（外三首）　　　　　天　谛
095 失约的雨（外二首）　　　　水晓得
096 我在淀山湖等你（外一首）　曹伟明
097 大莲湖的池杉（外二首）　　莘小龙
098 如果地球能抛起来（外一首）纪福华
099 加榜的梯田（外一首）　　　陈曦浩
100 夜行人（外一首）　　　　　胡理勇
101 鹤群飞越喜马拉雅山（外二首）百　川
103 季　节（外一首）　　　　　徐　焱

短　论

104 诗　话　　　　　　　　　　古　心

诗海钩沉

108 王统照的诗及其他　　　　　韦　泱

诗人手迹

封　二　　　　　　　　　　　　三色堇 诗

读图时代

封　三　　　　　　　　　　　　老　墨 画/诗

推荐语

　　一个诗人，只有具备大悲心，其灵魂才能觉醒，并为这个世间布施。海男便是如此。她的组诗《去看灯塔的路上》，语调轻松，流淌出生活底色的自在轻盈。她从不抒其苦，一任苦乐相间的生活自在呈现。她还把辛劳当作一种享受，对生活的每一分每一秒充满兴味，返朴归真地感受世间的好，并把它们在通往心灵的地方给予妥帖安置。看上去很随意的散文化语言，却是行所不得不行，止所不得不止。

　　第一首《苹果和甜橙》，看上去很日常，却由这一绿一红的两种水果，延伸出诗人对人生无常的另一种想象。诗人落笔毫无沉重之感，反而在诗的结尾，以内心的澄明，找到了安放内心的位置；第二首《天亮以后就去走路》，诗人原本的自己被暂时忽略，少女般对周围的一切充满了发现与感叹。以细微的语言调度和全新的秩序进行运行，以契合呼吸的方式，对所看到的一切，进行画面式闪回；第三首《蚂蚁搬家时》，描写的是一个精神分裂的女人，"当她站在荒野时蚂蚁会穿过她的脚踝／甚至有几只细小的蚂蚁会钻进她手臂／她从不驱逐蚂蚁，她认为／如果肌体上有一只只蚂蚁的噬痛感／她会更清醒的感受雷雨前巨大的空寂／宁静中仿佛有一颗颗子弹穿过肉身／等待一场暴风雨后的彩虹／看上去她比任何时刻更冷凛如同浮雕"这些在正常人眼里会觉得恐怖的行为，在诗人眼里却揭示出生活的另一种光，"我希望成为那座浮雕可以唤来／喜鹊栖息，让路过的人和小鸟都回过头"这是诗人善于在生活和现实之间寻找发生在他人身上，又能接通自己的细节与瞬间；第四首《我接受这无常的早晨》，一个看似平常的早晨，诗人却发掘出生活的细小之美，让原本琐碎的日常，在笔下变成一个个微小的新鲜的逆转；要在一个个相同的日子里发现诗意，必须要以显微镜式的细与小，深入生活的肌理才行。如第五首《外面是整个宇宙》，诗人以体察之微与书写之细腻，用一颗极其细微之心，去观察和探寻最平凡也是最日常的生活现象，并发现和提炼出生活的真谛。

　　生活有时并不是泾渭分明，经常如杂树中的藤蔓，互相缠绕和错综勾连。怎样在翻来覆去的交织中抓住一瞬间的闪光，让这闪光在想象里着落。接下来《冥想越来越近》《远离记忆中的列车》《我的爱是古老的》《暮光时的简洁》《澜沧江边的黑麂鹿》《去看灯塔的路上》六首诗，以不同的视线由外向内，再由内向外，形成生活的一个个波纹，直至变为涟漪，露出核心，直接显影。

　　成熟的稻穗，面对天空，会低下它们的头颅，去亲近和凝视，滋养它们的大地。这是因为它们经历了风霜雨雪，经历了历练，当它们饱满时，一种真和善从时空里被召唤出来。海男便是这成熟的稻穗。

——孙　思

海男简介

海男，作家，诗人，画家。毕业于鲁迅文学院·北京师范大学文艺理论研究生班。著有跨文本写作集、长篇小说集、散文集、诗歌集九十多部。有多部作品已被翻译成册，远渡海内外。曾获刘丽安诗歌奖、中国新时期十大女诗人殊荣奖、中国女性文学奖、扬子江诗歌奖、中国长诗奖、中国诗歌网十大诗集奖、第六届鲁迅文学奖（诗歌奖）、杨升庵文学奖、欧阳山文学奖等。现居云南昆明。

去看灯塔的路上
（组诗）

海 男

苹果和甜橙

我要睡了，这不是什么问题
而是习惯，我返回厨房，重又看了看
明天早上吃什么，箴言也好
警戒线也好，都无法取替篾箩中的
苹果和甜橙，苹果放在上面
压住绿色的橙子，从来没有见过
这么红的小苹果，看见它们的存在
我就忘却了人会死亡这件事
再返回房间，发现自己身上的水果香气

催眠的秘密就是像苹果肌的纹理
拥有一座果园就能看见
几十个春秋以后你老去的身体

我想睡了，如果想睡了就睡吧
把手从胸前移开半夜就不醒来

天亮以后就去走路

稍后，天亮以后就去走路
只有走起来血液的循环让我看见河流
走到有水流的地方就看见了苇草
还会看见涟漪，令人欣慰的
事已尘埃落定。早晨的心绪决定了
白昼的所向，那些耕地的水牛们
总是迎着曙光就走向了庄稼地
我不相信文字会消失，人类会迁徙宇宙

图书馆是明亮的总有人走进去借书
还有人走进来还书。田野上的草木
总是生生不息，我倚着一棵树身
因为我仰慕这棵树有茂密的肢体语言

房间里有褐红色的梁柱支撑着屋顶
我走来走去都是为了爱上这寂静的夜

蚂蚁搬家时

蚂蚁搬家时，天空的云层多了
乌黑和酱紫色，一个女人终身在分裂
她的动态和玻璃般的透明和脆弱
掩饰着对于黑夜的赞美
当她站在荒野时蚂蚁会穿过她的脚踝
甚至有几只细小的蚂蚁会钻进她手臂
她从不驱逐蚂蚁，她认为
如果肌体上有一只只蚂蚁的噬痛感
她会更清醒的感受雷雨前巨大的空寂
宁静中仿佛有一颗颗子弹穿过肉身
等待一场暴风雨后的彩虹
看上去她比任何时刻更冷凛如同浮雕

我希望成为那座浮雕可以唤来
喜鹊栖息，让路过的人和小鸟都回过头

我接受这无常的早晨

我接受这无常的早晨，天还没亮
但我的手拉开了窗帘
新的亮光来临前夕，桌上的书稿
洒满了墨迹，吻遍了我
起床吧，这流星般翻过的又一页
落叶又将簌簌落下
喝水吧，早起的栏杆上新的锈迹
移来了阳光和金色的猛兽
我爱这新生的世界，还有新生的
棉花下我的肉身和裙子
我爱你就是爱自己，那细如泉穴的
光泽，我挣扎出笼的自由

自由就像一个苹果来到手上
我捧着苹果上的阴影和红色的那部分

外面是整个宇宙

醒来，干净的乳白色窗帘围住了
有玻璃窗户的地方，外面是整个宇宙
如果想吃一块火炉中的烤红薯
这已经是一个奢侈的梦想
因为天没有亮，地还是冰凉的
露水尚未融化，红薯还没有上炉火架
灰烬还是灰烬，火柴还没有点燃
炉中的干柴。你还是你
我还是我。今天穿什么衣裙

昨夜太晚，没有找好蓝天白天下的
稍薄的衣服。天气渐变时
最冷的是双腿和膝盖

上了年龄后就不能任性的去奔跑
要学会护膝忍让要在辽阔缤纷中止步

冥想越来越近

冥想越来越近，我其实在跳舞
赤脚走过的荆棘遍地都是野花绽放
黑夜的肢体就像刚刚被烈日晒过
每天我都依赖于一个预感
写出我内心的一个又一个燃烧的秘密
今天的火焰和明天的阴雨绵绵
你们都知道的真理对于我就像剥开的
干枯的一个石榴，别看那个石榴
外层的皮已没有水分，甚至颜色
都像一个失效的诺言。但剥开皮
榴色却像我早年的牙齿发出的笑声
那个午后的 18 岁，我笑什么

是啊，有时候只为了追忆年仅 18 岁时
我一边笑一边舞起的肢体语言

远离记忆中的列车

我不喜欢人性中的对抗
对于你来说，对于我来说

曾经发生的事越来越陌生
让我们远离记忆中的列车
回到我们越来越疏离的现状
每天我会行走到有池塘的地方
等待那一群来过的火烈鸟再飞回来
自从我看见过那群火烈鸟以后
我就守候在静静的林子里
我害怕我的存在感会惊动火烈鸟
这样的守候坚持了一个冬季
春天，就像我想象中的爱情

春天，就像我走到林子里隐去身影
突然就看见一群火烈鸟栖到了池塘边

我的爱是古老的

我的情绪中有玻璃碎片
有立于危崖的羚羊，有灿烂的遗产
如何面朝来自东方的光
我的舵手，是一位古老的先智
我相信赤脚从玻璃碎片中走过去
是一个魔术师教会我的魔法
我相信那只立于危崖边的羚羊
已经跃过了那座坠落星空下的峡谷
有许多个瞬间转移了我的忧伤
每一个布局都是错落有致的
在不确定中太阳有时是金色
有时候又像是出土的钢盔

散发出远古战争的铁锈色光圈
我的爱是古老的有箭矢般的速度

暮光时的简洁

早年的贪欲，暮光时的简洁
一条紧而松开的绳索
像一条河流从浊变得越来越清净
时间考验我，我也在考验时间
无数的鸟群想飞进窗来，终又离去
清醒和混沌者都各有属性和常态
从尘埃中向上的每一束光
那些蓝色的部分，白色的部分
红色的部分，紫色的部分
是我今天的全部生活
剪刀已生锈，记不清楚这是我
使用过的第几把剪刀

好多次，剪刀都是自愿丢失的
凡是剪刀，都有了却一切妄想的本愿

澜沧江边的黑麋鹿

澜沧江边的黑麋鹿，被我看见
他们说黑麋鹿并没有在澜沧江边出现
是的，我相信史卷，但我更信赖
我的想象力中那双不安而振动的翅膀
史卷只是留给未来人翻拂的书

而我需要雷鸣和闪电所传达的声音
想起母亲织过的毛衣线团时我的幼年
想起橱柜中那些已经失去青春的皱褶
黑麋鹿只出现在我的眼前
无疑是真实和想象，我的心
曾经的激荡留下了忧伤的黑麋鹿
蓝色的澜沧江边我曾在岩壁下避雨

我避开了滚石从山顶滑落
我保存了生命的气息回到了母亲身边

去看灯塔的路上

此刻，我去的路是翅膀下的云空
没有尘烟从火中呼呼上升
燻过我眼睛的烟就像酒酿制过的迷幻
我弯曲的手指下绘制过去天堂的路
我爱过麦浪呼啸过的头顶上的野花
我食物下的良辰美景有灰蓝的羽毛
那时候，我还是一个拾麦穗的女子
我割下的麦子有尖锐的麦芒
哦，天边的风铃带着信使而来
我没有去过大西北的沙漠
我没有在无妄的沙尘暴中死去活来
此刻，我正在去看灯塔的路上

我一边向前走一边回头远望
我的祖先在我身后留下的是一座迷宫

王维变奏（组诗）

庄晓明

青 溪

你的青溪，何处发源
我试着放下一叶小舟
它顺流而去，似早已熟悉流波的韵律

水石相絮，空谷回应，恍惚来到前生
松绿之静，随光线洒落，伴着溪水的蜿蜒
一片片菱荇，一丛丛苇叶，风中起伏
似沐浴，又似不倦地游戏

你的青溪，复流何去
只觉得愈来愈浓郁，像萦回的墨汁
流向一帧水墨的宁静
可有一处留白，安居一颗心的疲惫
可孱弱的体质，担心起夜间寒露
入睡的安定，也忘在了山的那边

唉！且取一根竹竿，盘坐石上
垂钓一会儿青碧的时间

归嵩山作

你的隐逸之程,与屈原的远游一般
并非纯粹的平静

相随的河川,倒映着茂林,与青葱岁月
悠然的车马,似无人驾驭,引向一页翻卷的
　山水

可画外音,我分明听到一声叹息:
　古渡已荒芜
秋山,落日,在一种引力场里缓缓下坠

你把笔锋一顿,折入闭关的柴扉
逃避谁?或守候谁?
只有夜半的烛火一闪一灭

积雨辋川庄作

以七律的框架,抒写田园山水
无疑是一个范例
只是少了些五言诗中
清风吹拂的快意

论七律,还是老杜为最
那一首首宏伟的庙宇,无以超越
当然,更多时候
我还是愿居在,你的五言山水里
不知今夕何夕

辛夷坞

没人能说清,与那朵花的关联
但总感觉,失落了一条影子

它开了,它谢了,它是自己的时间
它谢了,它开了,它有自己的轮回

我想隔窗看到,它的摇曳
以安抚无法排遣的忧郁
我想听到,一片花瓣的落地
你的叹息,随即为风声抹去

我还想知道,那朵花的轮回中
遗失了什么,又渗入了什么,最终仍
　归于陌生

而空山仍在那里，最初，最后的空山
比诗句、水墨的留白还空，仿佛什么
　也没发生

忆山东兄弟

其实，我与您
都是异乡人
都缺少一个人相伴

那个人是谁
我从未看清他的面目
只是觉得，他应该在这个时刻
莅临身边的空缺

我们插遍了茱萸
总会在一角，留一小片空白——
一扇门窗，一种廊道，引向远方的故园

但那个人始终没有来

竹里馆

这一轮明月，是你弹奏出来的
它升起后，就只照着这一片竹林

竹林方寸，容膝一张琴
却深不可测，蔓入月光的虚寂

一幅小品——有人说
但当他听到那声长啸，不由一阵战栗

与小品相邻的，是一座卡拉 OK 歌厅
人群罐头鱼一般簇拥，逃避空虚

秋夜曲

黑夜，不可抗拒地来临
但并非想象中的可惧

新月升起，另一个世界拉开帷幕
露水刚好补充——饥饿与空虚

只是有些后悔，没多带一件薄衣
两边的寒意不太相似

所幸，还可以弹一会儿筝，写一首诗
入睡那空空的房间之前

　唯一不放心的，是这曲中的战栗
这诗行间的寒意，你能否感知

海 上（组诗）

——写在北海涠洲岛上

谢克强

去涠洲岛船上

客轮离港的汽笛响了
那些来不及赶上船的人
站在遗憾里

真是来的早不如来的巧
就在汽笛拉响的前一刻
我登上北游12号轮

抬眼远望 头顶的海天
亮着旷阔湛蓝湛蓝的虚空
而海 不知蓝给谁看

这时 有海风吹来
吹过我有些凌乱的头发
穿过我六十岁的空虚

很想对海说一点什么
不料想说的话都在沉默里

幸有浪花在心海翻卷

真想变一只抖翅的海鸥
朝涠洲岛飞去

阅读海天

苍茫深处的小岛上
没有一个我认识的人
独在异乡为异客
实在有些孤独

远来的海风
有意　抑或无意
轻轻吹拂窗帘的静默
诱我遥望窗外

这靠海的窗子　仿佛
是为我眺望大海准备的
这不　海天比海水还要蓝
也比海旷阔幽深

向着海天敞开的窗子
也像我一样　怅然若失
月亮　是不是也感孤独
早早就躲进梦里

真想也有一个梦呵
可梦却展翅飞了
眼睛不甘寂寞　催我
阅读哲学似的海天

这时　几颗闪亮的星星
从夜的那岸跃上夜空
不知是不是为哲学的海天
阐释思想的高度

如此一来　纵在孤岛上
又有什么孤独呢

黄昏，在南湾码头

迎风而立
他默默站在黄昏的码头
等儿子从海上归来

一场台风就要来了
对于出海的人
他知道意味着什么

夕阳血流如注
经历泪水涅槃的痛苦后
码头也捧出柔情

不息的涛声　聆听过
多少出海人的倾诉
他也曾是出海人

就在夕阳镀亮的码头
他来回踱来踱去的步子
被焦灼踩得七零八落

望着由远而近的波涛
许多海上波涛起伏的往事
让他不言不语

太久太久的翘望
只是期盼儿子远航的帆影
从海的那头飘来

火山石

多久了 地底滚烫的激情
以不可抑制的冲动
骤然喷发
一时间 滚烫的熔岩
经历一场火海洗礼之后
冷却成黑色的礁石

这不 当拍天的海浪
以温柔爱抚的亲昵 轻轻
抚慰火山喷吐的遗存
冷却后斑驳的礁石
却以棱角峥嵘的骨头 使其
获得生命与灵魂

如今 历以风雨沧桑的礁石
不仅支撑一片旷阔的海天
也支起一片地貌风景
看到这一片火山石
我想 如果我诗的火山喷发
能否留下火山石呢

闪亮的灯塔

决意站在黑暗里
是要向更远的远方眺望
还是想让迷路者远远看见你

灯塔呵除了光明
还须在风雨中不会熄灭
而钻石般熠熠的光焰
更是如同信念
不仅穿过一重重黑暗
也提示着危险

不是么
一个航海者或者船长和水手
总在最迷茫最沮丧时
寻找灯塔的光芒
好看清暗礁涌流恶浪
密密编织的罪恶

不仅如此
谁不想抵达心中的港口
谁又愿意改变前进的航向
迷路的人这才需要灯塔
需要一种信念
指引

闪亮的灯塔呵
为使迷路者接近真理的大门
你决意站在黑暗里与大海
孤傲地对峙

盛开的白色（组诗）

笑 虹

中秋月

望月，其实是在望两个人

秋天并不干燥
在我的眼里下着小雨
抱成一团，抱成一条河流

今夜没有不同
除了怀揣荒凉的人，把月亮当作他们的情人
或者父母
仔细端详

除了情急之下，翻阅一箱零乱
给时间找件旧衣裳

除了宁愿被月色蛊惑
沿着光阴后退，靠近一扇木门
举起右手，轻敲

笑虹，剑桥大学生理学博士。美国纽约州立基础研究院神经生物研究室主任。世界名人会副会长，《海外精粹》诗刊主编，北美高校联合会鹤鸣文学社新诗栏目主编。作品发表在海内外多种纸刊并被十多本诗集收录。应邀在中国举办了个人专场诗歌朗诵会。多次获得诗歌创作奖，包括2024年获得的首届国际冰心文学奖。
著有个人诗集《虹》，《风的弧度》，《色彩之上》和《光影深处》。

冥　思

低头的一刻
悲喜相约在你肥沃的胸部
一起盛开，一起凋落

光的本质，是破门而入的劫匪
一遍遍勒索你的内心
一个不再尖叫和呼救的失事现场
躺着时间收留的土坑，粹屑
和风来过的影子

盛开的白色

一朵朵向我奔来，举起瞬间
浪花的时态是夜把时间打磨成一片玻璃之前
从雪的残骸中复活
继续奔赴，冲洗，覆盖

在低飞与盘旋的绝境中
用爆裂，粉碎的姿势收割完整
如果被一朵浪花靠近
一个女人体内的水，会长出最轻的荡漾
像一种怡然自得
又像一种迫不及待

喝酒的女人

如果满腹的心思
能用一杯酒冲洗出来……
右手这么想

如果月光是一只利爪
能把一个捉摸不定的夜
夜里捉摸不定的你
你的捉摸不定的欲望
一点一点掐死……
左手这么想

你看，这只隐蔽的，一动不动的手
多么危险

夏　夜

适合一个人和一把空椅子
一起坐着
看月亮从油画中，露出半个脸
看后院的一朵玫瑰
沿着想象的弧线，打开它的第四片花瓣

适合重新进入一只蝉的躯壳
剪开蝴蝶体内全部的沉默
适合被暗覆盖，成为静止的一部分

心里一团麻,让它绕
泪水行至眼眶,不要拦
十万个不同质感的念想,是夏虫的十万种方言
让它们在这样的夜里,此起彼伏

月下池塘

在你的身体里,我找到了天空

时间被一只老鹰的眼睛垂钓
在相逢与诀别的重叠处

水面印封的点与线,皱褶与空白
和一万朵栀子花香里流出的月色
都在你的身体内弥漫着

越来越接近一只孤舟
越来越接近我刚刚能听见的
自己的水声

红色蓬蓬船

像女人
身体的水,测出夕阳的纯度

暮色穿过它的身体醒来
摁住的飞溅里
有暖意,加速的旋涡,危险的荡漾

水雾袅袅
以微醺的方式摩挲我

它的一生被一个下午速写
无数次离去被最初的离去速写

慵懒地,沉浸在只属于它的水域
或远,或近,或波光粼粼

一滴水

同样的月光,曾住在我的体内
为突兀的模糊买单

其实,一滴水就足以
释然短暂与永恒的浑浊
足以喂养我用一千片夜色
填不饱的空白

一滴水,沿着玻璃的划痕奔跑
在化作灰烬的瞬间
又从我的指尖,眼角,骨缝长出来

像一个形同虚设的背影
从一扇侧门走进落日
消失的瞬间,又蓦然回到眼前

在时间流淌的方向上（组诗）

任俊国

任俊国，中国作家协会会员，上海作家协会会员。出版诗集《窗口》《远方的家园》等，获上海市作协 2019 年度作品奖等。

日升记

太阳跳上屋顶，迈着小巧的脚步
每一匹老瓦都微微弓背
让太阳温暖踩过

然后，太阳爬上炊烟
像一只胖猫，爬树一样爬上天空

塔楼记

吃完饭。把七个瓷碗洗好，摞好
如建七层塔楼
瓷上青花，如青云

登斯楼也，王之涣说更上一层楼
李白说手可摘星辰
而我却失手打翻了塔楼

小心捡拾碎瓷片，如捡拾一地登楼的脚印
白而薄的几片是月光的
青花的几片是云朵的
剩下的大多是诗人的

奔跑记

一盆月季在奔跑
另一盆月季也在奔跑
花瓣上摇摇欲坠的露珠
是她们香颊上的汗

几盆青菜踉跄着，与月季匆匆错肩
紧赶几步，再紧赶几步
就撞在江南明媚的腰肢上

在繁忙的大运河上
只有船头才能空闲出
几盆植物的呼喊

青山记

微雨。微语江南
水草还未丰茂
我把站在水牛背上的牛背鹭，读成一袭孤独

牛毛细雨，沿着孤独的蓑羽
流到牛背上，又顺着牛毛流到河堤上

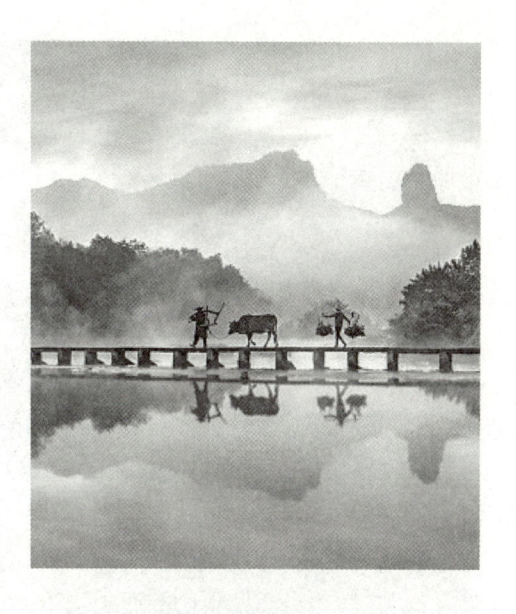

我把背负无数条河流的牛
读成故乡的青山

青山慢
很久以来，故乡一直在一只牛背鹭的留白里
牵挂我

开口记

油菜花咀嚼三月，咀嚼阳光
反刍一地金子
然后在风中，落下金子般的沉默

沉默之后，依然沉默的一锅滚烫菜籽油
等待。等待母亲用一捧红辣椒
打开热辣滚烫的话口

端午记

雨下得苦
在绿菖蒲之剑洞开的天光里
我们想起问天的人
把雨,唤作泪

在龙舟划直的河曲上
我们想起问水的人
把波折,唤作浪花

至于粽子,需要用稻草扎紧、煮熟
然后解开稻草、箬叶,看见稻米
然后我们把扎实的生活,唤作诗

道歉记

一大早进城,卖完一担米
饿了的影子佝偻着,打开荷叶包的饭团
松动的牙齿,很认真地咀嚼每一粒香

吃完饭,面露赧色的影子
站起来,向着太阳深深鞠躬
觉得对不起掉在地上的那粒米饭
——那是太阳好不容易养大的

数码时代掠影

（组诗）

李党生

生　命

盛装的
踩着圆舞步的
碳原子
点燃起一堆堆飘忽的篝火
它们的灵魂在火舌上曼舞
不远的丛林深处
大一号的硅元素
光明正大潜伏的
硅元素
正投来一瞥狼性的目光……

李党生，中国科协常委，中国科学院分子细胞科学卓越创新中心研究员。中国旗舰学术期刊 Cell Research 主编，Cell Discovery 主编。上海市科技期刊学会理事长，西湖大学校长特别顾问，上海市作家协会会员。入选中宣部"四个一批"人才、全国新闻出版行业领军人才；获中国出版政府奖、国务院政府特殊津贴、上海科技期刊杰出科技人物奖、谈家桢生命科学创新奖、上海出版人奖；著有诗集《白光》。

爱 情

当年饱含泪水的书信
在纸和笔的殿堂
供奉
穿堂而过的风
来不及说点什么
却已成为过客——
徒劳地追赶
消失在远方的地球往事

自 由

无数的 0 和 1
像甘霖从天而降
汇聚成咆哮的洪流
汹涌的潮头
有谁
着一叶扁舟——
随波沉浮

婚 姻

底片上的城堡集群
在多年后出土
成为一种无法考证的文物
那些筑城大军的呼号声
在光阴的那一头 凝固

霎那间
乱码写满了屏幕

孩 子

插着翅膀的
柔软的湖
无比珍贵的希望
萌芽
有如雨后亭亭的小荷

友 谊

断航的枯海
在元宇宙的宏大叙事里——
复活
食指与拇指
灵动地指挥
千帆相竞的倜傥
舒展的手掌上
两条垂直的射线……

大 师

硫磺熏制的余焰
噼啪升腾
托举起
涅槃的旧草帽

真 相

四月一日有盛宴
饱餐后的大模型
燃放起
庆生的烟火

流 量

真与假的经线
愚与智的纬线
编织出一张张
琳琅满目的网
多巴胺绽放的火花
似银针穿梭

细细密缝的网格
尝试
不放过一个碳原子的
猎捕

生 活

玻璃声
羲和焦急地敲打键盘
电波焦急地敲打乐队
旋律焦急地
敲
　　打
时光

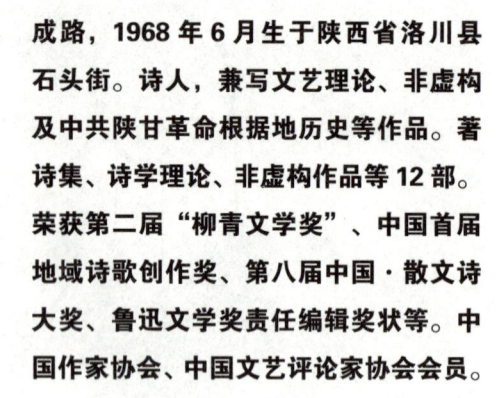

成路，1968年6月生于陕西省洛川县石头街。诗人，兼写文艺理论、非虚构及中共陕甘革命根据地历史等作品。著诗集、诗学理论、非虚构作品等12部。荣获第二届"柳青文学奖"、中国首届地域诗歌创作奖、第八届中国·散文诗大奖、鲁迅文学奖责任编辑奖状等。中国作家协会、中国文艺评论家协会会员。

云梯谣·子午道
（节选）

成 路

> 从杜南入蚀中。蚀，入汉中道川谷名。
> ——《史记集解·高祖本纪》（南北朝·裴骃）蚀，秦后称子午道。

1

走形虎驮着错金铭文沉睡了过去。

老北风不停歇地刮——土起、石起、水起、砂砾起，一层又一层地堆积在杜伯国监城之上。那群打墙筑城的"弓背崖人"呢？

——他们高悬"木""土"变异的合体图腾。

——他们在象形文字里挑拣"杜",以此为氏族,为方国。

沈水的河床在缓慢地抬高,沈水遗弃了围绕的杜地,以及族长咀嚼的椰椰枣、码头上让硬轱辘车碾开深辙槽的铺路石。那群树荫下开市的"通物居卖"者呢?

——他们扒在"杜市"红陶钱釜的沿口上。

——他们划开铲布、刀币、圜金、爰金、鬼脸钱的毫厘。

走形虎沉睡前左右验合。

那场战争五十兵甲的骨骸张不开嘴巴,记事竹简消匿在粪土里肥沃了大殿的基土,空野里曲谱哀嚎。那群疾驰递送"右半符"的骏马呢?

——它们挨着鞭子的抽打蹬上秦岭山脊。

——它们忍受着缰绳的撕扯踩过布满血灵魂的城洞。

2

杜地南角,社公化黄鹂。

啊哩先生,黍稷的穗在热浪里起伏,千年的柏树枝梢上蹲黄鹂鸣喊:"算黄算割,算黄算割……"镰刀的刃磨得够锋利。

——稷神言:葬身入土,颅浮地:看五谷,看手足。

——石匠唱:稷神呀社公爷,灵石生长的头像如浮地的慈目,照佑苍生。

峪水北流,河埂踩踏简道。

啊哩先生,骆驼、马匹、背夫停息在聚落的房舍里,清算黄鹂督促农人收割谷子果腹的剩余——易回银子和胭脂,还有歌妓。

——村南熙攘的脚步里喘息着蜀地粗俗的俚语。

——村北草地的长调荡过众多的山岗、河流,为舞娘的腰肢伴奏。

谷物蒸酒,耳热的红幌子。

啊哩先生,城楼的铁泡钉门扇紧闭,守夜的更夫适时敲响梆子,哪家的夜猫跑在箭楼的翘檐上,蹲成一匹摇角铃的饰物。

——拍拍石槽,没有夜料的驮畜不肥,

没有路尘的裤腿不搭伴。
　　——方言混叠，茶饼、盐巴、丝绸、瓷器、铁锭……在驮垛里分走南北。

3

　　简道如虫蚀山涧的伤痕，逆水朝天。
　　宽草叶子在背夫的肌骨上划开百条口子——结痂、撕裂、脓液、鲜血，尾随的毒蚊子嗡嗡，打碎了谷里的寂静弄得很是烦心。

　　——沿口的道观门槛上坐着的过客，看脚底板踩裂的石头。
　　——零碎了的石崖：从风，从水，从脚，在俗家的饭碗里打转转。

　　西衙门口，虫蚀的阔伤疤。
　　驮垛靠岩壁，两根圆木搭起的栈桥晃悠的西衙，生死判令是呜咽的凌风，也许是急剧落下的雾幔，卜辞里没有写下哀日和吉日。

　　——哭腔喊号子的抬垛声紧如雷，崩断了绑腿的裹缠布。

　　——驮畜蹬起前蹄长嘶鸣，黑云的夹缝里闪起电，冰雹的影子近了，近了。

　　尖山顶夏至积雪，秃鹫翅膀生冻疮。
　　冰钉拴不住下坠的罂粟花，陡直的暗光、凹脊的旋风、换脸的世界——好似河与江交替流淌，简道上卑微的谋生者如龟甲竹顶端的佛焰苞。

　　——雪霁挂在眼睫毛上摆荡，左涧豁口右涧豁口，码整齐的垛子场。
　　——绽开的雪痂空悬如玫瑰，背夫鞠躬似乎看见了母亲发髻上斜插的秸秆簪。

4

　　巨大的山基上叉开两座峰巅，如鸳鸯戏云海。
　　出巅谷，坡之阳满眼的燃烧云焰在广货街升腾回落，飞鸟群暂时栖息在炊烟的侧柱上，俯瞰红尘里滚滚细浪的表情，还有一些不知名的变脸。

　　——沸腾的雪水烫脚，陈年冻疮的疤痂软化成口唇：诉叙石淖之罪。
　　——撩起的泉水洗眼睛，遗忘走过的丧命道：走回头路时不知道前途胆子勇。

　　棚檐下挂腊肉，诱惑空腹里蛄蛹的蛔虫。
　　背夫的贱命省下碎钱抵押给祠堂里续写丁谱的笔墨，以及陶罐里准备萌芽的五谷、补齐镰刀缺口的钢水、灶膛煽火的风箱杆。

——哎吆喂，街头敞坪里烤干鞋子的篝火蹦起热灰灼烧了瞌睡的额头。
　　——哎吆喂，邮亭的篮子里没有片语，路畔垒石堆寄存捎来的捎去的话语。

　　羚羊借着下弦月的亮涉水过河。
　　夜哭郎惊动了护院的狗，巫婆悄声把咒符贴在黎明走他方的货垛上，喏口念叨：跟人来跟货走，初一早上再谢土。背夫乐意带上咒符如同带上哭泣的孩童。

　　——点货点卯，在热水盆里拧干毛巾上的汗碱，回应喊声：来……
　　——街面上急促的脚步声顺洵河或逆洵河过后，寂静一两个时辰店铺挂幌洁门。

5

　　黑熊在岭上，耳朵跨过石泉驿静听汉江里白鹭振翅声。
　　隆起的巉岩上筑城池，孤悬江畔如喉咙，吞吐商贾的药材、丝绸、皮毛、兽骨，还有一些坏了的灵魂，遗落的兵刃和赦书在南门外的码头上。

　　——栓船的锚钉，朝代枝蔓打结或舒展的环扣。
　　——包裹门卷的黄铜皮，开闭开中磨损为屑，沉落在天狗的蚀孔里。

　　半截雉堞，遮住夜晚甲板上随着渔歌舞蹈的影群。
　　马灯烘不干湿漉漉的台阶，城池里二尺宽的簧学巷走过来轻声的脚步打扰不了诵书的幼童，清道夫拉着板锨铲起骡马的粪土肥沃墙下的植物。

　　——洋场的旋转灯笼里蜡烛吧嗒、吧嗒滴着泪——封印的泪泥。
　　——洋场的姑娘高声合着渔歌的节拍唱二黄，就像口信捎到哪儿算哪儿。

　　更夫打四更：六月初六禹王像前摆祭坛。
　　檀香的火萤从哪扇门开始飘出来的？千扇门开，万柱火萤荡，阿爷阿婆的咳嗽是石泉宽谷祈词的和鸣声，跑旱码头水码头的走客点燃中指竖头顶。

　　——五更，城池中街敞开向四门：拔锚、起垛。
　　——城门楼的灰色砖墙裂开了缝隙，夹着永恒欢爱的缝隙。

6

嘿嘿,蜀口将至,鼓足勇气和土地对视。

饶峰驿被尘埃填埋得不剩一粒砖瓦的碎渣,植物在风里倒伏,就像祈祷的幸存戍卒忘记了诗行,唯有缄默,长久地缄默化身为图。

——谁说,北方青铜戈刃悬挂的灵魂噤声。

——谁说,南方金面罩内的纵目没有记下脊坡上血液的重量。

咿呀,散漫的猪妈妈领着儿子在简道中央。

背夫和驮畜驻足,倒长的野草成不了擂鼓的锤,走马灯的年号里颁布诏书是引火的旧纸屑。死亡的年份,活在死后的世界里。

——抹下花朵上的露水洒罡土,别管是哪只脚踩起的。

——片石砌畔,拦住峰巅的洪水莫割断典书的絮叨和滚檑木的辙印。

哎嗨,老媪抿嘴在吃风口如等待祭祀的立柱。

隐遁的巫师,召集散乱的、重叠的、操各种方言,持各色令符的骨骸起来,拔掉箭矢、擦净污血、端正盔甲列阵——弯腰给自己,弯腰给对方。

——老媪脱落的白发缠扎驮畜的鬃毛,如复活的旌旗。

——细弦的路绷在山弓上,背夫挽携着旧朝的骨骸去往下座驿站。

7

秦岭南坡,浑圆山脊塌陷的天坑如倒挂的巨锥。

三座峰峦围蛊在锥的边缘,行旅说:窄峰像展开的旗帜。旗呀,陡直攀援的简道如筋骨嵌在你身,背夫和驮畜闯入隐没的仇恨。

——黄姜花,似欲飞的蝴蝶,留下根汁漂染袈裟。

——独摇芝,似细箭杆的茎,熬汤祛除陈年的偏头痛。

赤炎盘坡,离群的黑山羊横立。

泥石流冲割山崖,背夫呀驮畜呀快回转,岩畔上的母亲抽泣说:让我替不会说话的灵羊恸哭好吗?它拦挡回的生命里没有羊羔的。

——山羊拖地的乳房滴奶水,喂饱干涸

的古旧道。

　　——打卦抛起的小骨签，摆出眼睛空洞洞的形样空洞洞的世界。

　　看错的引路旗上打记号，岔股支是秃鹫的头。

　　说唱的回声锁在锥子底，族长疾语：三旗峰。行旅耳朵混响：桑溪峰。子午河贴着峰脚滚浪朝南奔，桑溪三间土房设不起大锅烧水的灶口。

　　——毛竹扎排，东岸渡西岸，惨白的渡口石多么寂静。

　　——上游飘来的河柴挂着溺亡的生命，哆嗦的嘴唇哀嚎山野多么寂静。

8

　　河岸西晒，劈柴、辣椒、菇朵在屋檐下沐着残阳。

　　巷道两边对开的房屋迎着喧哗开始掌灯，汗腥味混杂着大锅煮水的腾气四处飘荡，一匹奔骑的蹄子溅起尘浪入暮霞，挂在酒肆门框上的醉汉猜想奔骑褡裢里的物件。

　　——黑夜来得有点缓慢，记忆的门洞在疲劳的海里暂时关闭。

　　——狭窄的巷道，晃悠在子午河岸就如远途行旅者可靠的摇篮。

　　停船扫桥，栖息鸟在井格的村镇咕咕鸣喊：棋盘街。

　　寻找弈棋的手，还有他撒落的子——哪位过客是墨子，哪位行旅又是白子呢？店小二打理他的地面：血刃、迷幻药都是污地的碎屑，打扫干净就好，明天亦然是吉日。

　　——（渡船）水夫躲过巡河的眼睛，颤抖着清洗打捞的河柴枝丫。

　　——腹肌涂抹野草捣鼓的黑泥，拔出跛脚人肩扛裂尸中的蛊毒。

　　打锣镲的列阵游过巷道，绑头结的红土布把黑夜割开条口子。

　　记忆的保姆轻声哼唱睡眠曲，村首也哼唱：锣镲呀哐锵、哐锵响，诸多不洁的秽物呀请走远方……众合：水道里浮的走大江，土路上跌倒的跟快马……呜呼哎嗨哟……

　　——从雾幔里刮来的凉风孕育鼾声，以及传说的遗址。

　　——记忆在梦境里大声宣读致谢词：安葬的名字，天空和大地的眼泪，白昼。

牧风，藏族，原名赵凌宏，甘肃甘南人。中国作家协会会员、甘肃省作协副主席。著有散文诗集《记忆深处的甘南》《六个人的青藏》《青藏旧时光》《大地跫音》，诗集《竖起时光的耳朵》。曾获甘肃省第六届黄河文学奖、甘肃省第五届少数民族文学奖、首届玉龙艺术奖、首届"记住乡愁"世界华文散文诗大赛金奖、2021年度中国十佳散文诗人、第六届甘肃省中青年德艺双馨文艺工作者，鲁迅文学院第22期中国少数民族作家创训班学员。

甘南：沉吟与遐思（组章）

牧 风

羚城即景

无法拒绝对一座小城的痴情，就在刚刚步入十月的发条上，快走三千多米，我只想紧贴它的皮肤，感受它暮秋的体温。

在念钦街的健身步道，夜的衣衫打开的瞬间，灯光让静默中的小城通体透亮，一张张熟悉的面孔，一张张陌生的面孔，迎着我的瞳孔逼近我的身体，传递着这个秋天最善良的心愿。一张张落满秋霜的沧桑之脸，一张张辉映纯真的稚嫩之脸，都迅速的穿越羚城小街，我在惊奇中远望身影，他们流水一样掠过我的视线。

从初春出发，一直坚守到寒怆的冬季，没有改变伫立的方向，没有离开我们远望的视界，也只有那一排排幽黑的松影和古拙皲裂的杨树，牢牢地把血脉伸进大地，不给人类臆想的空间。

从清晨出发，穿梭于大街小巷，感受人间烟火。到夜色阑珊，聆听格河游丝般滑过羚城，留下极微的声响。似有鹰隼和羚羊的鸣叫让人驻足山林，夜的暮色苍茫里跃动的鲜活生命，顷刻间演奏羚之曲，那是生灵们的合唱或群舞吗？为何我的心灵颤动如潮声侵袭。

尕海浅吟

面对一双澄澈的玉眸占据了甘南的心脏，我瞬间惊愕于它的辽阔。

湖水边上的百鸟朝会，在晨曦中面对万亩浩渺烟波，齐声欢唱。

远望旌旗吹动，车马密集渐远，千年炽烈的爱在格萨尔王的说唱中逐渐苏醒。

尕海湖更像是西王母的泪填满了西行的辙痕，那充满迷茫的路途一直延伸到日月山和倒淌河。

那回首的怅望是浓郁的乡愁弥漫着归途，是文成公主远嫁松赞干布的那条古道吗？

那满腔欲迸发的豪言壮语，瞬间被千亩水域和万吨雨雪压抑着，让人顿生无尽的探求之欲。

何时可以仰望一飞冲天的万丈豪情呢？当岁月的巨掌揭开苍茫水系，冰雪挣脱整个冬天的羁绊，灵鸟们啁啾的家园，已是诗意潺潺，春暖花开。

一夜多少僵硬的翅膀舒展春天，多少储藏语言的风库悄然打开……

一行行与甘南尕海有关的诗章正张开咆哮的嘴巴，在九色甘南纵情放歌。

宗喀石林

一夜的雨雪，掠尽了宗喀石林山巅上沉积的云雾和初夏迎面吹动的风。

我用心抚摸着欧拉的每一块肌肉堆砌的河床，俯瞰着悬崖下沉静的黄河，在日夜积蓄着奔腾的力量。

在玛曲的腹地周游四百三十三公里，转眼间拐了第一个弯向西奔涌而去。

绕着宗喀石林鬼斧神工的造化，那尼玛之神用炽热的身躯和光芒将黄河锻造成一块跌落尘世的环形赤玉，发出熠熠夺目的光泽。

在海拔三千五百米以上的高山峡谷抡动时光之锤，敲响新时代青藏之上的生态文明的美妙乐章。

冶海走笔

羊群在牧人的追赶中爬上险峻的白石山脉，山脚下的湖水如一只硕大的眼睛眨动着，睫毛闭合中不断舒展的涟漪划成时光的鳞片，在甘南最美的季节熠熠生辉。

已是深秋，面露沧桑的阿玛周措，在经幡飞动中凝望那一池生命之水，那汉藏传承的千年故事里，我看见明将常遇春策马挥鞭，顷刻间穿越波光粼粼，把马缰一抛，饮马泉边踱步前行，运筹帷幄。

数千米狭长地带，一汪秋水泪光潆潆，有洮州花儿随风而起，那歌谣直逼众人的耳鼓，余音袅袅，挥之不去。

湖畔有马队穿梭，铜铃声声，阵阵嘶鸣，四蹄强劲，在期待驾驭之人。

抬头仰望，天空大片大片的鳞状云影，在女神阿玛周措的身体里演绎着冶力关的传奇和神话。

远处庙花山顶上羊群和云雀把身影张贴在峡谷巨大的镜面上，如同生灵被时光嫁接在五彩斑斓的大野上，与古老的历史融为一体，成为尘世记忆的原色。

洮河速写

认识一条河流是需要一生的时间去经受考量的。

当洮水在我走过的地方频频闪亮呈现的时候，心扉就豁然锃亮。

胸襟被顷刻打开，敞亮的清风吹拂洮河两岸被岁月浸蚀和磨砺的风景，还有岸上正在生存的生灵。

在洮水的上游，碌曲草原与青海接壤的地方，随处涌动着大小不一的海子，以及周边密布的林草，像一个巨人密织的血管和浓稠的毛发，还原了一条河流的初心和使命。

一条河流的存在孕育和壮大了另一条更大的河流，一条足够养育一个国家和民族的母亲河。

每当解冻的声音从上游开始轰鸣，我伫立在中游的一个板块上，出我家乡四十里地的牙吾河口，成吨的冰块随着春风劲吹，瞬间就蜕变成宽阔而银光闪烁的长河，在如血落日中拉开盛大而壮阔的帷幕。

一条河流如婴孩坠落，在千里旅途中把自己锤炼成伟猛和雄浑，用时光里最美的部分把壮美之河演绎成气度不凡的歌吟者，不舍昼夜地奔跑在命运的路途上，永不回头。

加拉尕玛

那是羚城的一双眼眸，在海拔三千米的雪域高原上，在古老而年轻的时光里闪烁着，不时眨动鲜活而生动的光晕。

驱车五公里，在这座小城的边上，合冶公里左侧穿低矮的小山谷，鱼儿样穿梭进入，眼前豁然开朗，一片辽阔的山地上拔地而起的藏式民居与绿树相间，与文化广场的精美画廊相映成趣，远望如同错落有致的阶梯，安放在加拉尕玛的心脏地带，伫立在转经筒长廊旁边的民族团结雕像，那多民族聚力托举的吉祥结，迅疾地增添藏乡的和谐之美。

在午后阳光的沐浴中，古老而俊美的加拉尕玛，沉静在乡村旅游的幸福与祥和之光中，生态园内红花含苞待放，绿草如茵，古树成荫，吉祥锅庄的旋律优美，众人抡动长袖，瞬间雪域藏寨欢歌四起，韵味绵长。

夜幕之下，整个山寨灯火通明，璀璨夺目，在吉祥加拉、如意央德的巨型灯光宣传箱下，众人踏着青山脊梁，在观景长廊奔跑欢歌，汪洋恣肆，沉浸在万家灯火、羚城夜宴的静谧与悸动中。倏忽间，我的脑际涌现一个划破长空的诗句："羚的故乡，是我终生向往的归宿，鸟群和风雪穿越的瞬间，我便完成今世对羚之街的畅游和赞美。"

李佑启，男，教师，上世纪八十年代开始发表作品，从 2014 年起，有作品连续入选各种选本。迄今已在《中国教育报》《中国教师报》《湖南日报》《羊城晚报》《星星》《散文》《散文诗》《青海湖》《散文诗世界》《草堂》《欧华导报》等中外报刊公开发表作品上百万字。

台上一分钟（组章）

李佑启

京剧：《包公》

活着活着，就活成了一张京剧脸谱。

生，旦，净，丑。

唱，念，做，打。

四面？八方？你什么也没说。

在你眼里，黑就是黑，白就是白，黑白分明。

然而，人间正道是沧桑啊！除了黑和白，这尘世，五颜六色，何等缤纷！

三庆、四喜、春和、台春，徽籍艺人终于忍不住了。一如黄土地上浩荡的春风。

并非所有的春风都过不了玉门关。乾隆的春风，不就打开了紫禁城的大门么？

昆曲来了？好啊！

秦腔来了？好啊！

师人之长，有容乃大！然而，红尘滚滚，哪个山头都不是永恒的"日不落帝国"。

于是，你一门心思，只想让月亮的光芒，照亮太阳照不到的地方。

于是，你将心中的月牙，昭昭然高悬于额头之上。

是的，如果和煦的阳光能够照亮人间的每一个角落，谁还孜孜以求月光的眷顾？

开封府的惊堂木一拍，呵呵，惊醒了一个朝代！

人世间最大的幸福，莫过于将复杂的事情简单化。

比如京剧，比如你。生命的场景可以简化。

至于道具，如果将人世间看成一个舞台，那么，缩微的每一根荆条啊，无不都是上等道具。至于最终谁是谁的道具，谁是谁是配角，未到剧终，那就交给时间吧。

倘若《打龙袍》和《铡美案》都是虚拟的，如果说《赤桑镇》也是虚假的。那么，人们夙夜渴望的公平与正义，总是真的吧？

由"乾隆"到"嘉庆"，由"嘉庆"到如今，你一路"道光"！这，总应该，也是真的吧？

别说"二簧"和"西皮"，也别说什么"板式"。因为，铁面无私，守护正义，刚直不阿,是无数草芥梦寐以求的图腾!

至少至少,在我黄土地上,你的模样,与京剧的灵魂,早已活成了人们心中,彼此独一无二的——

脸谱!

黄梅戏:《天仙配》

"自在飞花轻似梦,无边丝雨细如愁"。黄梅时节,洞庭湖的水啊,何其丰盈!

于是,一场大雨,冲到了安徽。山歌,秧歌,采茶灯,花鼓调……

然而,石头与黄土终究不能充饥。走吧,为了干瘪的胃囊,向北,一路向北,先农村,后城市。

水一样的柔情,水一样的柔美,水一样的柔顺。汉剧,楚剧,高腔,采茶歌……茶水一样沸腾,茶香一样婀娜。

人的一生,不就像煮茶么?

唢呐循着唐诗的格律侧身而来。胡琴顺着宋词的平仄踽踽而至。

不是汉乐府。是朝露一般淳朴的民间!

太白湖畔,多云山区。鱼米之乡,何曾缺乏龙门?

长江北岸,地势低洼。然而,蓝天白云之上,哪一只雄鹰不是从低处起飞?

饿啊!先说生存,再谈生活。居庙堂之高者,言"肉糜"!

梅子由青转黄,那不绝如缕的万千雨滴,跳跃于万千鳞鳞瓦片之上,聚于万千瓦槽,汇于万千屋檐,集于万千廊下。那敲击声,那流动声,相随相和,犹如千万根玉指轻抚躁动的灵魂!

是夜,月光如水,淹没了乡愁。

那蛙鸣,那虫声,新透绿窗纱!

"树上的鸟儿成双对,绿水青山带笑颜。"

那是天籁啊郎!只应天上有。

因为,每一滴雨水,都来自于他们的最高海拔。

当善良与勤劳相遇时,定然擦出最美最美的心灵火花。

(人间烟火,最美的模样,也无非就是一个"情"字,一个"爱"字)

当仙女与凡人相遇时,勤劳与善良同行,岂能不是绝配?

(难道,天庭最美的模样,就是不能拥有人性)

其实,只要生命的戏台还在,梅子黄时,专属于你的那棵"槐荫树",也一定还在!

而且,正摇曳生姿。

花鼓戏:《刘海砍樵》

"口味王"!

岳阳,邵阳,新余,永州……谁是公公?谁是婆婆?

都有理。击鼓传花？击鼓，不传花。但有花。那花呢？

那山雀子衔来的朝露，野斑鸠驮起的夕阳，牛圈里低沉的长哞，房前屋后此起彼伏的鸡鸣犬吠，村口老槐下的捣衣声，妯娌之间的家长里短……都是花。

那鼓呢？班鼓，堂鼓，渔鼓……摇鼓，滚鼓，摔鼓……别忘了，"打勾"。

荆州花鼓，凤阳花鼓，安徽花鼓，浙江花鼓，皖南花鼓，豫南花鼓……湖南花鼓戏简直就是洞庭湖的麻雀。那个多啊，那个细啊，那个俏丽啊，谁与争锋？

长沙是个泉眼。泉眼有声无声都细细流，细细的流！掬一捧湘江水啊，每一朵浪花，都有花鼓戏的味道。

岳麓山的枫叶，都能翘起兰花指！薅草，晒谷，采莲藕，无不是戏。

随手抓一只乡下的鸡或鸭试试？哪只鸡不会"摘香葱"？哪只鸭不会"采莲船"？

收割季节，生产队长在村口《打铜锣》。

闲暇时节，大人小孩都是"刘海"，不用拜师也会"砍樵"。

那饥饿比野草长得更疯狂的年代，哪个孩子不会哼几句《补锅》？

那信仰比泉水还清纯的岁月，哪个青年不会唱几句《双盗花》？

"胡大姐。""哎！""我的妻。""啊！""你把我比作什么人啰噢？""我把你，比牛郎，不差毫分呐。"……"刘海哥。""哎！""我的夫。""啊！""你把我比作什么人啰噢？""我把你，比织女，不差毫分呐。"……"走啰嗬。""行啰嗬。""走啰嗬。""行啰嗬。"……

男耕女织，夫唱妇随，这不正是中国农村夫妇的写照么？

那是刻在骨头上的戏啊！

流在血管里。

豫剧：《荆轲刺秦》

内心大雪纷飞的人，他已经不再惧怕任何雪意。

上苍已经恩赐了足够多的凉薄。他渴望的，是呼应骨子里的纷纷扬扬。

打袖，正搭臂袖，反搭臂袖。再打袖，再正搭臂袖，再反搭臂袖。又打袖，又正搭臂袖，又反搭臂袖……

那不正是中原大地上生生不息的人间烟火么？

长袖左甩，右踏步。长袖右甩，左踏步。

长袖如水。那如水的长袖啊，不正是亿万年黄河水的灵魂么？

黄土有多厚，人情就有多厚！

河水有多长，世故就有多长！

黄河两岸的每一株麦子，都是"常香玉"，每一株高粱都是"陈素真"。

每一抔黄土，每一片雪花啊，都是剧本！

瑞雪兆丰年。然而，能否兆见黄土地上的燕赵悲歌？兆见慷慨激昂的身影？

豫东——"高粱稞子里的戏"。

豫西——择块空地，"靠山吼"！

只是，那梆子，却是每一片雪花共同的梆子。

雪花不分东南西北。

只有那黄河水，九曲十八弯。《孟姜女哭长城》时，《花木兰》正在《断桥》《西厢记》……

岂一个"壮"字了得？

"风萧萧兮易水寒，壮士一去兮不复还"。

抖一抖肩头的雪花，掸一掸胸前的冰棱，壮士一跺脚，历史就会打个趔趄！

假如我是太子丹，我会携手秦王。

假如我是秦王，我会携手荆轲。

假如我就是你荆轲呢，我也会选择匕首！

即使早已知道短刃与长剑决斗的结果，即使早已知道匕首是双刃的，我也会选择血溅五步！

这是黄河水的秉性。面对万劫不复的深渊，哪一滴黄河水会选择退缩？

这是黄土地上每一颗麦穗每一束高粱的基因，或者，渊薮！

看起来比小麦还小的尘埃，实际上，是比高粱还高的丰碑！

张道发，安徽省肥东县东岗村人，70年代出生。第四届中国散文诗天马奖获得者。肥东县文学院首届签约作家。著有散文诗集《东岗村笔记》，作品散见《星星》《散文诗》《诗潮》《诗歌月刊》《安徽文学》等文学刊物，作品入选《中国散文诗一百年大系》《新中国六十年文学大系·散文诗精选》《中国年度散文诗》等国内多种散文诗选本。

光阴在东岗村慢了下来（组章）

张道发

开花的槐树下

村南开花的槐树下，怀孕的新妇坐在竹椅子上，翻看一本画册。

树影中专注的神情，像一尊静美的女神。

画册上落着一层细小的花瓣，她不急于拂去它们，而是一页一页翻过，那些花瓣就夹在书页里了。闷闷的香气散在风中。

我走过去看见，是一本彩插的育儿指南。她的嘴角始终露出一丝微笑，膝前搁着织出一截衣袖的小衣裳，身下的筛篮子里放着几团鹅黄的毛线。

一袭宽大的碎花孕衫罩着她微拱的腹部，鸟鸣在头顶的树叶间划过，一阵一阵花雨飘落。

蔬菜种子

母亲的厨房四壁上，挂着各色布包包裹的蔬菜种子：萝卜、白菜、辣椒、黄瓜……

一到春上，小南风一吹，这些布包就迫不及待走下墙壁，跟母亲一起来到泥土上，踩下一个个鲜绿的脚印。

母亲的日子一下子鲜活起来。

一片片菜畦里，这些蔬菜种子唱出的歌，陪伴母亲度过烟熏火燎的一个个日子。

光阴在东岗村慢了下来

晌午，在村河边遇见四五只回家的赤麻鸭，翅膀咯咯地笑着，抖落无数个小太阳。

我侧身相让，它们频频回头，向我道谢。

身后河水泛出光亮，空气中弥漫拖泥带水的兴奋，槐树叶的气味搅得格外浓烈。

在村里，午鸡打鸣，丝瓜花上停歇的红蜻蜓，翅膀映出的云山也在微微摇晃。母鸡蛋歌里飘来好闻的米饭香，村街卧在明亮的树影下打盹，酣梦轻轻。

一阵风恰时抱住树叶，鸟声哗啦啦抖开，四周静极了。

两只白粉蝶越过一丛野萝卜花，追上我，身前身后轻盈地飞舞。

光阴在东岗村就这样慢了半拍，我也获得前所未有的平静。

晾衣绳独自荡了好多年

中午，看见两只练习飞翔的燕子，歇在邻家的晾衣绳上，晾干的衣裳刚刚收走，年轻女人摇摆着腰身闪进院门。

小风轻拂，燕子的叫声很新，羽毛上的阳光也很新。

我蓦然想起十六年前的初夏，妻和我吵架后，一个人躲到晾衣绳下哭泣（娘家在遥远的四川，她诉苦的地方，只能是一棵树或一节晾衣绳）。

一只燕子衔着青草歇在晾衣绳上，叫声轻轻柔柔，像是在跟她打招呼。妻抬起头止住哭泣，燕子绕着妻飞了几圈，翅膀一次次碰在她的头发上。

后来，我们一起坐在树下望着这只小燕，妻又一次枕着我的膝盖哭了，劝也劝不住。

那只燕子飞走后，晾衣绳独自荡了好多年。

暮 晚

晚饭后，一家人挪移桌边的凳子，稍远一点地散坐着，说说闲话，声音很轻。桌子上的白瓷碗，染一丝夕阳光。

一只蓝色豆娘路过庭院，她迟疑地飞了一会儿，停歇在小女儿的木碗边，尾尖朝上，最后一点落霞在翅上闪烁，眼眸泛出早来的月亮。

小女儿已偎在母亲怀里睡了，婴儿肥的小脸蛋，留有蚊虫叮咬的痕迹。

风从河边吹来稻禾的青气，一家人说着说着沉默下来，衣服上的露水发出幽微的光。

不远处的松岗河里，游着一河活泼的星。

枣花落在空凳上

大雨在屋顶上滚动尖叫，灰暗的光一次次闪烁，照亮云山下小小的村落。

一扇扇门洞被雨点溅湿，坐在门檐下补衣裳的老妇人，一脸安静的表情，她膝前搭一件灰衬衫。靠近肘子的地方，刚补好的补丁针脚大而歪斜，恍如老人力不从心的年纪。

她望望雨中奔跑的鸡鸭，小声絮叨着什么，檐口的篮子滴水，溅在老妇人伸出的鞋面上，鞋尖的牡丹花已然潮湿。

她将灰衬衫用双手晾起来，抖落上面的碎线头，转身回到里屋。

门外的雨依旧在下，积水里的树影清幽幽的，一两声麦鸟的叫声划过寂静的空气，带来久远的回声。

门洞口暗了下来。许久，老妇人仍没有转回来。

那只空凳子上溅满雨珠子，几朵米粒似的枣花落在上面。

月 色

藤蔓上的触须，柔软地卷起一小片月色，露珠的微光照亮院子的一角。

这里有父亲白天劳作的锄与镐，上面沾的土渐渐干了。

藤叶间的虫鸣真稠啊！风吹不动。

我站在藤叶前想了一会儿心思，那片卷着的月色已挪移到我的胸口，烁亮一枚铜质钮扣。我用手指抚摸这温润的光泽。

这一片月色还在挪动，仅仅一会儿，就追上了一只频频回头的小兽，它的皮毛犹如藤蔓的触须拂起的一抹微光，犹如露水在草地上晶亮的喧响……

新婚的麻雀

麻雀又到了衔草筑巢的季节。

山墙根下到处散落枯草和羽毛，砖缝里构筑的巢穴小而暖实。

麻雀们在一次次飞扑中，翅膀越来越沉重，小小的腹内怀抱一枚枚麻脸的雀蛋。

麻雀的叫声从嫩叶的枝梢间擦过，轻微的风，轻微的阳光。

这些麻雀从瓦垄跳到雀巢，中间需要穿过一巷口的鸡鸣声。那些母鸡在散落的枯草和羽毛上觅食，一粒一粒鲜腥的雀粪滴落在母鸡背上，母鸡的腹内也藏着热乎乎的蛋呢。

望着这些飞来飞去的新婚的麻雀，阳光落在我的眼里也是那样兴奋。

过故人庄

这个村子真好。

夕阳下，半村子树荫在小风中漾动，三五只母鸡飞扑到野桃枝上缩颈蹲立，小眼睛透着温良的疲惫，翅羽上草籽微凉。

一条碎土小巷窄窄地弯向某处院落，巷子两边垂挂着丝瓜花和杂七杂八的虫鸣。一阵风过，一溜溜明黄的花浪盖过开着裂缝的院墙。两只麻雀在屋檐下飞来，敛翅立在上面。

喜鹊和乌鸫栖息其中，翅膀蹭着翅膀，各自快活着。

村里很少看见人，有竹篱小院的人家安静地冒着晚炊，各色衣裳晾在竹竿上，偶尔有孩童的尖叫从村庄的某处传来，恍如梦境。

晚风捎来谁家青韭炒蛋的热辣香气，叫人想推开篱门，歇下来，喝上那么一小杯。

夜暖暖地近了，近了，暮晚的天空画出一轮白月亮。

寂静的春天

背阴处的积雪已经化尽，有草芽幽亮的光在泥地里闪烁。

松岗河上的波浪明显变小，画出层层细腻的纹理，从冬天渡过来的小野鸭，背上的羽毛呈麻黄色，偏瘦的小身子又长大了些。

泛青的芦苇里游出来另一只野鸭，翅膀划得飞快，甚至拍出水响。两只野鸭很快游到一起窃窃私语，它们的身后是暂时揉皱的瓦蓝天空。

第一块田地在犁铧下翻出了土浪花，几只灰喜鹊结伴翔过，丢下几粒兴奋的叫唤，低头啃草皮的牯牛看也不看。田野仍是寂静的。

河坡下，荠菜齐刷刷抬起头，叶子染着最初的嫩绿，村子的人很快会提回一篮春光。

那时，河上的野鸭可能正在恋爱，蝌蚪甩掉尾巴，涨潮的蛙声将小河挤窄了许多。野兔皮毛上春色荡漾，远村宁静蔚蓝。

日常用品（组诗）

（山东）冷 吟

充电器

天下大旱。我受命借用一场雨
完成一次填充或拯救

抽掉雷电。只让想象的风
把握好线性的尺度

面对轮回的渴望。我比寂静
更有耐心：缓慢。均匀

一切都在必然中活了过来
比如江水拍岸。比如大地回春

你看。因为过于专注
时间的背上竟长出了星辰

这多像一个诗人——
不说话，手中的句子却发着光

耳　机

附耳过来。你想知道的
我都将告诉你
世界太乱
拥有一个安静的自己多么奢侈

我要模仿一片蜗状的云彩
在你的听觉里下雨
你看。那些思想的叶子或灯火
就要爬满你的山坡

旧台历

时间已经走远。它还愣在原地
等待着什么。那些数字
是在为当时某个事件作证吗

桌子的喷漆已开始脱落
又一个秋天来到了窗前
看上去，那棵树的皱纹似乎更深了一些

作为一页一页的树
那本台历看上去还不算旧
它默默坐在你的对面
像一个早已过期的人
因了心中某个执念，就是不肯离开

水果篮

茶几的山坡上，它是一种植物
告别生长，专门用来等待

鸟儿起起落落。它们的翅膀
见过不同颜色的云彩

而让风陷入沉思的是那些叫声
忽明忽暗，时圆时长

趁手不注意，灯光会躲开刀刃
从杯中提走一条河流

此刻，北方的夜是竹编的
孤独的水果篮，是一座空房子

保温杯

虚怀若谷。弱水三千只取一瓢
剩下的，让一条船带走

谷中花鸟似盏，日月如灯
谷外，一条路拴住断断续续的渴

甜或苦，皆为人生滋味
高低，冷暖，尽在掌握之中

不必担心世间风云变幻
我有咽喉，扼住来来往往的汹涌

台 灯

不太像星辰
但却更安全
在那些悬念或同伴看来
窗帘,并非它喜欢的一种开关

它拥有自己的一席之地
因而说出的话
也更踏实,可靠
这让一本书的信任和一段时光的依赖
变得触手可及

笔记本

手不见了
笔也不见了
断断续续的文字
在它身体里
一页一页叫个不停

但它无动于衷
它在想些什么
只有那片叶子知道
那片纸一样薄的叶子
刚把自己从一棵树上撕下来
准备远走高飞

闪电的峡谷
(外六首)

(四川)瘦西鸿

春雨在泥土中挖了一个洞
蚯蚓穿起新衣　适时爬进去
而如果要绕开一粒种子
它可能要浪费　大半生光阴

闪电劈开时间与空间　同时劈开疆域
那道峡谷　成为地球的边缘
也成为世间万物的籍贯
峡谷里　被劈成两段的蚯蚓各自生存

站在峡谷两边的人　正好看见彼此的脸
这一对孪生兄弟　较量了大半生
也分不清输赢　直到闪电成为脐带
才最终看清自己　在悬崖边握手言和

闪电在持续　把星空与地球劈为两半
刚好把我的肉体与影子　分列两端
此后的人世　我不再是一个完整的人
我的影子遥远　不时朝我回头欠身

乌　云

当乌云弯腰　把头插进泥土
种子开始变异　长出弯腰的泥人
被风一吹　身体上的泥块脱落
瞧　这些行走的枯骨

有时候　乌云会插进人的双眼
两根藤蔓　仿佛刺向天空的闪电
引来雷声如注　滂沱的水肆虐眼睛
生活的苦水　被人们倒出来

如果乌云插进人心　镂空的悲伤
就会被点燃　大地上遍是燃烧的火把
照着幽暗的人们　扭曲着变形
并在暗中　秘密交换各自的面孔

乌云还会插进石头　把课本里的字染黑
我最担心人类的孩子　他们刚学会的生字
就失去本义　被他们拆得七零八落
再被组装　成为我们不认识的字

星　群

星群的分工　是我们无法预见的
正如它们奉行的旨意

星群的漆黑和闪亮　也不由自主
它们彼此遥远　无法安慰各自的悲伤

当这些星群　从天际落进人们眼里
寂静而冰凉的光　平等又平和

如果人们闭上眼睛　星群又回到天上
继续进行各自的旋转　暗中的摸索

现在我担心地球上　手持火把的人
跟在一群萤火虫身后　使光变得混淆

黑夜隐藏所有的面孔　也模糊道路
这些光相互交织　随时都有碰撞的危险

过　失

我对着春天　喃喃说热爱
却看见草长草的　花开花的

我又转头　对着茫茫人海
呼喊亲人的名字
很多人回头　怔怔地看看我
又扭过头走了

我只好埋头　细数浮生的过失
它们就滚落一地
像冒着热气的火山石

这硌脚的过失啊
我想把它们拾起来进行修正
它们却扑棱一声
麻雀般飞得满世界都是

棋　局

如果看见兵马俑在泥土里下棋
不要去惊扰他们

一场旷日持久的战争在继续
隔壁水银流淌的声音
也无法掩盖　他们命运里的边界

大地的棋盘上　落满星星的余晖
昆仑山与时间的昆仑决　远未停歇
当被点名的俑　从泥土里站起来
他服从了兵役与棋局

厮杀声从骨头里起义
看不见的战争　也看不见输赢
只看见天空的蓝手帕
雾一样　爱怜地擦去了棋盘

蜜　蜂

一只蜜蜂在墙壁上戳出的洞
足足穿越了好多年
里面偶尔有小蜜蜂探出头
打听春天的消息

一只蜜蜂　拖着苍老的翅膀
飞过大半个春天　歇在凋零的花瓣上
反复寻找　剩余不多的花蜜

一只蜜蜂已经老了
已经找不到更多的花朵
当它准备折返

却不小心从花上掉下来

把地球
砸出来一个巨大的深坑

灰月亮

满山的歌谣　是灰鸽子在赞美
一些词从云朵里　款款落下
巨石的脸上　回荡起星群的回声

一口椭圆的铜钟　用回旋的声音
把上面的铭文反复吟诵
一群古铜色的鸽子　一片昏黄的火焰

我在群山里种植蓖麻　我的爱人
在独居的茅屋里　纺织麻线
一只空口袋　足以装下江山里
发烫的月亮

那枚发亮的陨石　被大地之绿掩藏
一片片月光飞起来
像淹没在往事里的鸽子　埋着头
用寂静和喧嚣　在给天空写回信

梅花之吻（组诗）

（浙江）崔子川

给你的星辰大海

一条小船，汪洋中颠簸
你牵我衣襟，说想看那
遥远的星辰
我用力划桨，只顾着台风，暗礁
和船的衰老

那些童声，一点点坠落
深海。蓝鲸张开巨嘴
渔火在远方的城市
若隐若现

当我摇着蒲扇仰望星空
你扔下的海螺，还在年迈的山村
发出长长的低泣

记忆中的鸟鸣

蛇们在冬眠
太阳也收敛起暴君的脾气
此刻的林间，众神躲在树丛间偷窥
一对雀鸟，预演生活的和鸣

飓风在遥远的太平洋生成
那是很久以后的事
就像暮年的我，触摸发黄的照片
回忆起露珠在草丛间舞蹈，你一袭红衣
站在阳光轻拂的操场，教我歌唱

古　道

从深山里手刨斧劈这条道的先人
心肠肯定是热的
那么多盐，茶砖，梦和骡夫
在这道上爬行，蚂蚁般穿越乡村野史

驮不动了。几朵游云也为它愁眉
山雀偶尔叽喳闲话，野菊花兀自开放

而当绿皮火车载我，堂哥以及幺妹们
穿行在一场接一场喧嚣的浮梦

不长青苔的城市，如此辽阔，却又如此逼窄
听不见古道，那原始的清风吹拂

情绪的鞭子

常年，一头凶猛的老虎，啃食我的身体
我的心、肺，我中年的脸孔
长啸的狰狞，世人纷纷躲避
我去往南山的竹林，驿道上见不到一个人

就连我的孩子，也在屋檐下战栗
午后的阳光偶尔拂过花田，蜜蜂短暂歌唱
我只看见刀剑杀戮，寒光在远处
一遍遍刺痛衰老的残梦

大雪会不会落下来，覆盖
白茫茫的人生。那些带刺的鞭子
悄无声息地滑落，连同我的诗稿
一袭白袍

在澄江，连空气都是甜的

这数万亩铺开的餐桌，是我和同伴
沉醉其间的梦工厂。橘树挨挨挤挤的澄江
让我们这些小精灵兴奋地飞舞，吟唱
这些提供给我们营养的橘树
不养在深闺，更不会养在公园，她们
漫山遍野肆意展示洁白的酥胸

在澄江，连空气都是甜的
我们这群在尘世中忙忙碌碌的小蜜蜂
赶集似的，要把这白茫茫的纯粹
搬运到城里去

无人知晓

没有人知晓，父亲信末你添加的那几行
歪歪斜斜的字符，和夹带的20元钞票
恰如，含泪的皮鞭——
一路追打我，从青葱到白霜

你这一生，究竟喜欢玫瑰，还是
喜欢丝瓜花、南瓜花
以及，隐藏了多少暗疾
同样，我也来不及知晓

五月，油桐花又一次开满整片山冈
我在城市偷偷遥想，老屋门前——
弓背的你，依然年轻的眼神

秋风起（组诗）

（贵州）邹记福

赤水河

从不同纬度看落入水中的闪电
听滚动的英雄般的惊雷
品一壶浊酒，看赤虺扬长而去

野花摇曳，落日镕金
由远而近的马蹄
还有水波之上的记忆让我一再回眸
这条摄人心魄的大河

它有着厚重的历史和酱酒的颜色
我在河边从来不看月亮
我只看赤水河像刨花的翻涌

听它内心的声音和夜色里的尖叫

娄山关

我不喜欢黑神垭这个名字
我更喜欢雄关漫道和如血的残阳
关口的风，苍山的险，它的前世与今生
一些不在现场的人

是否会被隆隆的炮声惊醒
而遵义这座城会被当年的号角
一次次洗亮
今日，即使青草弥漫，大雨追逼而来
我依然能找到那些红色的脚印

暗 恋

天空一直晴朗
我暗恋了好久山坡上那一株

风吹过岁月的栅栏（组诗）

（福建）赖 微

叫做栀子的花朵
它让我看到了雪白的骨头里的火

像我暗恋多年穿白纱长裙的女孩
我甚至记不清她的样子了
她让我深陷，精神的荒原
深陷，摇摇欲坠的人间

我尝试着不让它在夜里恣意生长
尝试着不去想象，栀子花的白
过于接近我暗恋多年的女孩
和那一轮上弦月，映照的忧伤

秋风起

树上的叶子开始鞠躬落幕
窗外已有了一些寒意
月季花与银杏树已开始变黄
万物在轮回里，有许多个细节

也许，生命的纵深处就是重生
中年的我，也不例外
我能记住的事情越来越少
秋风从远处吹来
不断地随心所欲狂奔在尘世里

我想喊它停下来，我想牵着它
像牵着秋天里，系着风筝的那根线

岁月的叶子是褐色的

你说盛夏，说窗前的一阵风
此刻，关于天空的话题
都由一朵彤云代言了

茉莉的叶子，在风中飞舞
风铃，拍打着窗台。你说
所谓的苍茫，和
辽远，是大海的事情

明天，这个窗口将迎来晚风
你看见白色的窗纱，总是固执地
飘向空蒙的窗外

哦，你骨朵中坚忍的静夜，会
被白色的花朵遇见。季候
深处的风暴
并未走远

薄薄的天空,隔着水

将这十分之一的路
留给蚌吧
这一生热爱柔软的尤物

因为爱
所以柔软。只有遭遇致命的尖喙
才会全力夹紧自己

在柔软中深耕,在柔软里死去
一亩三分的契阔,是它
全部的身家

背着生活的甲胄,它缓缓前行
无风的夜晚,在月光下
留下一条弯弯的小路

它的头上,是薄薄的天空
隔着水

风暴来临前的刀鱼

最后一抹光照在群山之上
身后的人影逐渐暗淡,你知道
狂野的风暴已经逼近

面前是湍急的河水翻起的波浪
那些刀鱼,穿过尘世的浮沫

它要在风暴来临之前
跃上浪尖

你说起曾经的格尔木,说起
今夜风的行程
夕阳在落下之前,将听到远方的
茶卡盐湖,吹来的述说

一只鹰收拢起的翅膀,被乌云
挽留。它曾从惊涛翻滚的
河流的上空掠过
携过风,携过雨

而此刻的刀鱼,它看到的是
前方无边的涌浪
它正奋力摔打着自己
在狂风到来之前

末伏,一场秋雨对时光的洗濯

山正在退去,树正在退去。马背
用骨骼和肌肉的力量
驮起的
时光,正在退去

一场秋雨,从你的枝叶间
倾泻下来。窗外有雨披
被敲打的天空,和

雷的声响

末伏的初秋，盛夏遗留下的想象
一条梦中的河流，被山间
带来的秋雨
一遍遍洗濯

蓝色的雾霭升起来的时候，你从
网球肘的缝隙里看到的初月
是真实的。它有
朦胧的岁华，它有
淡淡的远山

立秋辞

比天空更瘦的，是流水
当秋天，开始褪下第一根羽毛
紫薇举着火把。作为暗喻
跌入忘川的，还有
那片滑落的
天空

试图照亮
黄莺用歌声铺就的路。深一脚
浅一脚的
问询，之于流逝的时光
该是一种徒劳

鸲鸟在前方掘土，它考量季候的
表情，有难掩昨日的迟疑

一些愿景，只有板结的泥土知道
时间的链条里，没有
利好的消息

立秋的风，吹过面前的浅滩
人生的荒野
已到尽头。一片黄叶落在脚下
苦夏
刚刚退出

一片落叶在雨中辞行

匆匆的行程，已经走完。雨水滴在
来时的路上。而树还在
而根还在
风吹过岁月的栅栏，吹过你渐变的
浅浅深深的脉络，和曾经的
身前身后，翻飞的誓言

苍山托不住，下坠的日子
大地让所有的光芒
闭上了眼睛

只有雨，还在他们的脸上下着
只有路边的花，还白白地在风中
迟暮地开

行走的影子（组诗）

（陕西）韩万胜

寂寞是关不住的

寂寞是关不住的
憋了一冬的心事，在渐暖的月光下
飞起来

我是一个虔诚的仰望者
仰望不需要风
风是庙堂里传出的诵经声

我不敢虚构故事，更不敢
擅自出演一个主角
我只能把自己矮下来 矮下来
再一节一节长高

行走的影子

行走的影子，被困于春天
没有花朵为其喝彩
残雪涉世未深
风一动 就满面灰尘

迎春的花次第绽开

蜜蜂到处解禁
庙宇上的风铃声传得很远
行走的影子是一块铁
它没有摔开冬

我从影子中脱离出来
华美的皮囊埋在一棵树后
我竭尽全力打碎虚幻
顺着一条河的脉络，寻找我的归宿

我又一次走进吴堡

谁的十字架 丢进了黄河
涛声如释重负
急切地为晋陕峡谷
打磨一面有棱有角的镜子

山上有石城 山下有横沟
我又一次走进吴堡
温泉蒸腾着我枯裂的灵魂
我听见内心深处有萌发的声音

谁也没想到 斑斓的黄河奇石
聚集于此 一石一世界
一石 一世纪……

黄河绕不开吴堡
吴堡 一块煌煌的铜
枕着黄河的臂弯，她把黄河
当成了母亲

夜

夜窥视着我，玉石夹在城墙里
风一遍遍抚摸
矮小的玉米秆还没露出红缨

目光翻不过石峁山
饿了就啃两口月亮吧
渴了 有秃尾河

和星星对视，谁的真诚多
篝火在一点一点熄灭
我抓住的竟是一团影子

榆林大街

仿佛遇上故乡人
沈阳大东区
一条以榆林命名的大街
让我的内心，微澜四起

我久久地盯着这四个字
突然看到一朵白云，以一匹马的速度
从故乡方向飞奔而来
把榆林大街四个字，擦得锃亮

梦被咬出一个豁口（组诗）

（江苏）曹伯高

野莲花

英子
在春风里一天天长大

雪融后的麦子地
绿色的笑声，脆蹦蹦的
竹篮里，装满了
一个乡村女孩奇奇怪怪的心思
长长的老田埂上
风，在撒野

那条文静的小河
那样清澈，英子成了
最后一缕细细的波纹
撕心的呼号，让河岸战栗

多年后，我的梦
与一条长出白发的河流邂逅
一簇淡黄色的野莲花
在斜风细雨中，盛开

一只芦花母鸡

稻谷躲在场院的缝隙里
一只芦花母鸡,没有太多的烦恼
初秋时节,领着孩子们散步
是一件愉快的事件

睡眠不是很好
后半夜总有人直着嗓子叫唤
那腔调,五音不全
没有温存的夜,变得漫长

算计着缝隙里的那些谷粒
算计着,夜风中
一丝黄鼠狼的气息正在逼近
有无鸡仔尚未吃饱
岁月显出应有的苦涩,尽管
太阳照常升起

有时,它会小心翼翼地
领着孩子们走过厨房
不让他们看见灶膛、铁锅和刀子

围　墙

夯锤狠劲砸下去
膂力过人的父亲心中有了几分胜算

老屋的场院并不狭小
秋收前,父亲发意要造一堵围墙

长瓜果时,泥土是女人
夯锤的砸打,使它倔强成石头

那个初冬的午后,阳光煦暖
两条狗在围墙的内外开始无厘头地对吼

父亲把围墙内打理得清清爽爽
我的目光却时时越过围墙
向远方眺望

睡　柜

两个祖传的大木柜
一只装着稻子,一只装着麦子

爷爷在稻子、麦子上面睡着
冬夜安宁,适合梦想生长

老鼠开始忙碌,某一天
爷爷的梦终于被咬出一个豁口
它们品尝,庄稼人的丰饶与艰辛

爷爷在两只睡柜上
做完了,他一生所有的梦
柜底的鼠洞,成为碑铭

高炉一直醒着
（外四首）

（河北）王六成

伫立了很久
昨天的云彩，又走远了
野草重新从炉缝间长出新的茎叶
生命正在轮回

铁锈长出了鱼鳞
风在咀嚼浪花的碎叶

铁的世界
有烈焰，有灰烬和决绝
如荒草，有欲望和挣扎
说到底
万物都在世间轮回

轮回，或赤诚

齿轮张大嘴，渴望闭合
溢出光，与阳光融化
锻造刚烈的爱

伤悲或压抑，也有
高速转动着的欢悦
像地球一样轮回
像太阳一样赤诚

抽旱烟的老人

一只疲惫的鸟
飞过云朵，飞出他浑浊的目光
夕阳的余辉
映照着他额头纵横的沟壑

那双荷锄的手，如此轻柔
铜嘴烟斗轻叩一下鞋底
庄稼人的日子，就显出古铜光泽
渗出一丝甜蜜

一颗星星，伸手可摘
命运，在忽明忽暗中
无声地隐忍
像这平原上无尽的泥土

旋转秒针般细腻的翅膀
衍生永恒，铸出锋芒
为命运的苦旅
为父亲行走了一生的大地

断裂的琴声

垛起的钢筋，随性开花
长成山一样的森林
绿叶竖起锋芒
时间磨砺了时间
在岁月末端
果实成就幻想的丰硕

钢花凋谢，一身烟尘
行走途中，宛若蝉
挣脱了哀鸣
为重生绝迹

以为尘世不曾相忘
以为栈桥的斜阳里，旧爱犹在
一如初见

故而，我成为我之前
犹如一团钢卷
向楼宇祈祷
收容我灵魂的苦难

我朝着我的方向
卑微曲膝
套上枷锁

我成为我时
一盘圆钢，正逃离父亲生锈的肩胛

寻　回

从铁精粉里捞上来
球磨机咀嚼的矿石
失去了
矿山的巍峨与沧桑

接受烈焰
成为刀刃上那块好钢
为世界打造一把快刀
深翻大地，磨砺
犁铧
寻回走失的魂
钢，披上了铠甲

暮　年

钢在暮年
未呈现憔色给谁
鼓声穿越了群山的萦绕

回收暮年的人
也眷恋着锈色
黄昏在头顶上
种下一片白云
不开花也不愿结出果

粉色的画眉草

（组诗）

（重庆）王景云

氧 气

那一炉煤火已经老了
那个拥有大豆，老南瓜，菜油味
混合着硫化物、二氧化碳气味的厨房
也已经老了
当年那个心里揣着别人安危
自己不幸被铁炉盖
烫伤了小手的小女孩儿
已经生了白发
她炊烟缭绕的一生
除了那间厨房
就是一口老酸菜坛子
而围裙上绣着的萱草花
一直很年轻
每一片花瓣
都是她时间的氧气

容 器

盛酒，也盛雨水
偶尔撒落的花
点缀光秃秃的器壁

酒是短暂的情人
买醉生活里的虚空
雨水占据大半个器皿

你笨拙，搂狗刨式的泳姿
洋相百出。头有时
勉强露在水面
有时被更猛的水浪冲击
窒息而慌乱。挣扎中
难免灌几口浑浊的水
是常有的事

时间侵蚀你的骨头
也侵蚀你的思想
你居然不喊疼
还若无其事
喊着：
加油，加油

大 暑

蝉声似要刺穿我的耳膜
路边的海芋
硕大的盾形叶片边缘
枯黄了一圈儿
打着蔫儿，卷曲着
收敛了它的毒性

腕臂上的银手镯微烫

锁住灼热，跟着

气温一起爬升的亢奋行动

腕臂继续摇晃

太阳渐渐下山

月亮大又圆

光却温柔，打在

夏夜的第七章

我走进楼栋单元门

碰到一只小灰鸽

落在窗台

想必它无处可躲

贪恋这里的

沁凉

画眉草

粉色的画眉草

有絮状的温柔，烟雨朦胧的梦幻

模糊了冬春的概念

冷硬的线条，随风波动优美的曲线图

一切都是最好的安排

草木之心，具有朴素的质地

细叶结缕草，针形叶片儿挺在

自然界的空旷里

哦！你说：

它多么矮小，羸弱

坚硬的地下根茎和匍匐枝

使其具有生命的要义

弱小的草，不懂

软与硬的辩证关系

因为爱，再瘠薄的土地

都能慢慢绿草成茵

牛羊悠闲地啃食，时间似乎静止

人们在一片宽阔的草地上

休憩

李子树

娇小的花开在山野

是她逃不掉的命运之锁

我理解她一生的平庸和苦楚

在山坡上，在山谷砾石中

体悟山风和雨雪霏霏

不嫌弃瘠薄的土地

深知时间的意义和古典主义的里程

但她不知道

她沉默的时候多

已将倔强的青铜气质与弱小

形成青绿色反差

她那么小，小到不引人注目

她的语言朴素，却时常

在低缓的语气中

击败众多草木的高声唱和

它努力开出的花，那么洁白
它努力结出的果，那么甜脆

秋　天

三伏尽
秋天已闪烁金属的质感和光亮
放下束起的夏日发髻
梳理诸多事物的纠缠
每次梳子经过卷曲的长发
都不顺畅，会掉落
缠着打不开结的发丝
如放不下夏季的余温
或理不清的虚拟与现实

是时候了。既然爱这个人间
就不管是夏日绚烂
还是秋日的枯萎
我都爱。沉下来，适应慢
找张中年的小板凳
坐在秋风里
练习炊烟，闲茶
不和潇潇秋雨
较真

麦子熟了（外三首）

（江西）张成良

傍晚时分，星星坐在河对岸
池塘里的蛙鸣
引起，一只萤火虫的注意

麦子，比去年高
一只云雀
飞来，落在它的头顶
草帽黄了，完成了一个季节的更替

风停了
故乡的草垛上，堆满了金色
月光，瓦亮瓦亮
像一块会哭泣的磨刀石

旋　转

初夏的果实
像一枚够不着的星子
叶片上的露珠，是一匹马
在白色的纸张上旋转

我把阳光隐藏在一只草帽的底端
时间的脚步匆匆
仿佛，听见冰与火的碰撞
生命像一只船
把所有的未知都装进一座岛屿

我知道，这一种蓝
是一朵悲伤的桃花
静静地
潜入夜色，落在月光的左手上

五　月

立在麦芒之上
像一只蜜蜂，在暴风雨来之前
追赶着闪电

我的思想是一把镰刀
高举过苍穹
额头的汗液
是诗人在庄稼地里，种下的标点

这是一种无声的美

在人间的五月
像金子一样，疯狂的生长

烟雨深处

雨珠正往下落
它没有落进我的诗行
也没有落在，妹妹晾晒的衣架上
就这样，悬在空中

江南的四月
夜色是一个空心的词
披在落花的心尖上
这条小路铺满了，淡淡的忧伤

手持灯盏的人
划亮了一根火柴
微风一吹，心肺里的火焰就灭了

村 口（外四首）

（安徽）梅 亭

荠菜肥壮时，村口老树上的喜鹊
忙着衔枝筑巢
它们的梦想，在不息的繁衍里
生根发芽

我陪着父亲走进村口
新建的楼房，是村落变迁后
一本本厚重的史册

池塘静寂，如一面镜子铺开
夕阳和晚霞，记录了没有雨水的节气
几声落地的鸟鸣，似乎伸手可以托住

此时，我握紧父亲的手
如同握紧村口那棵，不老松

香泉湖畔

蛙声拨动乡村夜曲的琴弦
叙旧的人把夏日纳凉的场景搬了出来
他们举杯释怀，情谊如天空一般清澈

香泉湖吹来的风，拂动柳条
几颗星在天外，打探小院的秘密
与灯火或夜的眼睛相互对峙

近山倒扣，光影落在池塘
涟漪漾动了，鱼儿聚散的安静与躁动
适合仰望一声孤鹜划过

桌上的酒香正在提味每道菜肴
我们举起杯找寻迷失尘嚣的自己
褪去的暮色，抽去了岁月之痕

芒 种

收割机在田野与麦子交流
芒种的关键词，应该有雨点化的修饰
枇杷黄了，挑起暮色掩埋的灯火

去前门和后门，巡视我的领地
左手拿着苍蝇拍，右手握着电蚊拍
橘猫缠绕脚后身前撒娇或翻滚

栀子花的幽香浸透小院边角
一只小鸡伫立，扭头打量落地的夕阳
鹃鸟们在切换不同的声线

父亲数过归笼的家禽
等待母亲把夜色关在篱院门栅外
村口收割机，随初夏的来临
慢慢静了下来

春之侧

落叶乔木扶着灌木里漏出的阳光
太阳下沉,到慢慢消逝
满天霞光的背板上,季冬的暖色
沁入心脾

暮归的鸟接连而来,停顿江边
在树梢贴起剪影,点点成片
他们呼朋唤友,叽叽喳喳地讨论起
光阴故事。十几只候鸟排成人字形
从头顶一掠而过

腊梅的花事开到了尾声
但暗香依然。伸过墙头的枝条
性急地试探风的温度,等待
第一缕春光,抚摸故土醒来的样子

雪落下的声音

风与大地交流,有声或无声
是一片片落叶触摸枯草的怜爱
视野空旷,每一刻寂静
写在江畔芦花摇曳过的冬季

雪落下,便会看到泥土的泪光
晶莹短暂,然后遁于无声
点滴湿痕积聚成大片的冷凝的冰斑
等待更多的雪花抚慰

雪后的中年不再倔强
弓下腰贴近泥土,聆听脚下的温度
看雪花反复地扬起又落下,在岁末
躁动的平静与淡然中
一点点留白

早晨，你好（组诗）

（湖北）刘益善

门口点个灯

那时，夜黑如墨
踏踏的脚步从山边过来
清脆的马蹄声打破寂静
太奶奶在茅屋里坐起
推醒你的奶奶
媳妇快起来
门口点个灯
照在大路上
同志好行军

九十年后在红土
青山如黛，流水如银
我随你访问故乡
寻找贺龙的足迹
赤卫队的大刀梭标
你太奶奶的茅屋
门前的那个灯还在
你从大山里走出
不论千山万水
心里总亮着门前那个灯

女儿会

今天，一个少女与
一个素不相识的小伙
通过山歌与物品交换
结成夫妻不可想象

女儿会，美丽的聚会
就是一个节日
光鲜的少女少妇还有
大嫂大婶甚至奶奶
在清江畔开一个会

五彩的服装和头饰
脖子上手腕上的珠串
耀眼闪亮成一道风景
女儿会的欢乐布满天空

女儿成为母亲，母亲
是人类生命的开始
我呼吁凡是有人类的地方
每年都要开个女儿会
赞颂母亲，赞颂生命

弯腰致敬

弯腰捡一只烟头
弯腰再捡一只烟头

弯腰又捡一只烟头
然后站起身面对青山

乳白色的是云
海蓝色的是天
阳光照着赭红色的石
漫山涂抹着苍绿

千里之外城市高温39度
我置身23度的小镇
广场上有人唱歌跳舞
五个大嫂练走正步

女清洁工捡拾垃圾
我捡拾地上的烟头
向巍巍青山弯三次腰
是一个诗人对青山的尊敬

早晨，你好

拉开窗帘，哗啦一声
山岚袅袅飘飞
云朵婀娜挪步
青山迎面扑来
一颗太阳呆呆升起

把盛夏的酷热屏蔽
把燥烦焦虑驱走
三万个负氧粒子浮动
大山的早晨，你好

拉开窗帘，拉开日子
岁月安好，夏日蝉鸣
沿着山路一步步攀登
和溪水说话与山花颔首

拉开窗帘，拉开了胸襟
心门打开，满怀只剩
风轻云淡，花开四野
恬怡清新，诗意盎然

沉默与消逝（组诗）

张 萌

青 瓦

雨是一件敏感乐器
隐身的乐手
与青瓦并肩坐在屋顶

想象这镜头，发生在
南方的雨里，雨
落在更早以前的某个时间里

和青瓦的相遇
像一场仪式。有人听见其中的
美

雨的声音，其实是
青瓦的声音，是记忆的
声音：在南方屋顶上

秋天的最后一首诗

银杏叶把秋天染成了蜂蜜色
谁见到它，定会有颗
蜂蜜一样

金黄的心：闪耀。沉静

这是我在秋天完成的
最后一首诗。面对每片落叶
如同面对沉默与消逝的

祷告。秋天转身，折进

立冬的门槛，我写下
秋天的最后一首诗：一条隐形的
铁轨，载满秋叶訇然的

绝唱……

消弭

舟行河上
仿佛刚穿越了一部宋代史
石狮子镇在桥头
静穆着古镇的风调雨顺

苔藓青绿，隐秘在
吱呀的橹声里
或是平淡的水波间：尘封的
秘史，在晃动

有人站在船头的风声里
与一根斜逸过来的
树枝
攀谈。舟行河上
阳光古老
斑驳的空气消弭了记忆

随 记

转头看见一片湖
并不局促的湖面，收紧了
宽阔的心——

因为太小，因为没能装下
一朵云的倒影，而
感到羞愧

湖水清浅
两三枝秋天
站在残荷的孤独里

斜靠着路过的鸟声，和
日渐枯萎的
风

秋 深

只有被暮光孤立的树林
才能感知到
事物的心，正变得旷古

细察一条小道隐入枯灌木
秋的纹路在加深
坏情绪，焦虑着无辜的脸

秋风匍匐。叶子低垂
露水里
折射自然的枯荣史

秋天是放大的芦苇

麦积山像一座钟
（组诗）

谢 聪

海湾的落日

海湾的落日，相当精彩
超长的远景，霞光四射

没有我不肯说的风景
也没有一分一毫的欺骗
傍晚时分的景象令人称奇
这每天最后一缕霞光就是有力
划破了天空
带动整个海湾一起进入梦乡

所有的等待都是值得的
飞鸟沐浴在一种五彩的光环之中

落日不是一种传说
而是每天都在发生的
阴雨或者是雾
其实是它的面罩
落日像是很顽皮的小孩。我相信
它每天都生活在一个理想的国度

鸟声，缩成
刺毛球。霜色的羽毛陷入沉寂

阳光在风中的羽毛上
抖动。整个秋天，也一起跟着抖
动了起来

白　鹭

苇叶沾满水珠，白鹭振翅
弧线瓷亮，划过晨寂

这些乡间探险家，在空旷的回声里
接受磨炼

潮汐晃动，树影婆娑
湿润的鸣叫落在紫云英上

五丰河在灰麻雀的欢叫声里，推醒了
慵懒的水草

阳光抽离苇叶上的湿气
鸟声的褶皱，映出村庄的脸

呼　吸

微雨迷蒙
空气里夹杂着潮湿的
泥土味

走在山间，呼吸
新鲜得像刚冒出来的
白蘑菇

嘉峪关现在是不设防的

嘉峪关现在是不设防的
风可以随意的过,云也可以唱着歌飞越
那些砖瓦像俄罗斯方块那般
堆砌,一层又一层
仍然很金贵的是绿色的树
聪明的骆驼似乎明白了什么
把一大群人运往沙漠深处
那里有海市,那里有楼兰古城
好奇心会战胜懦弱和恐惧

天辽阔且蔚蓝,防不胜防的
居然是我的倦意,如此的嘉峪关
雄壮的边塞为何让我困惑
那些飘扬的旌旗,那些古人的舞蹈
还有古琴声声,还有战马嘶鸣,黄沙漫卷
我依然高估了我的激情
浑然不知的不是飞鸟,也不是匆匆过客
我们其实都是一群白羊,被命运放牧
通过嘉峪关将去往天堂的阳关大道

江郎山的黄昏

山峰的下面的树很矮
树的上面是天空,江郎山
不是江郎才尽而是一座大山的肆意妄为

山意味着挺拔和坚韧
矗立着的不是岩石和树木
那是黄昏和朝阳的结合体
那是一种生命的样式

江郎山远远看去不怎么样
江郎山是不是一条好汉
谁也不能确定
我们来到了山脚,听到了呼啸而过的风声

看到了被山石挤压的一线天
江郎山,在你挺拔的身后是不是
还有什么不尽人意的故事呢
一块石头落地,一大片石头堆积
坚强的下午坚强的黄昏

崆峒山的天梯

山势陡峭
依然有房子
里面住着神仙吗
飘摇
天梯通往山顶，
半山的屋檐停着鸟
一切都在飞升中

我们在平台上排队拍照
留下的影子不会有人记住的
只有在手机里才能找到一些树木的寂寞吧
崆峒山，幽深的长廊
高挑的亭阁，从古至今
一步一步的阶梯让人胆战心惊
而棋盘岭的老者
却稳稳地对弈。人世间
所向往的仙界是否就是这里了
我拄着拐杖，神情淡泊
说是要往上再走走
可是，我突然发现天梯已不见踪影了

游兰亭有感

兰亭没有序是不是就没有兰亭了
兰亭会一直存在吗
就像池子里没有鹅，池子不会消失
池子也可以养鸭养青蛙嘛

来到兰亭，公园里旅游的景点很多
我们不做游戏，依然在畅饮啤酒
没有人会做诗，也没有泼墨画画的雅兴
就是想看看古人的游戏是不是当年的时尚

兰亭是一个聚会的符号
兰亭也是一个令人向往的场所
小学生们来了，大学生们来了，先生们来了
看了鹅，听了鹅鸣，遗憾的是没有一个人
如古代的诗人是酒醉而归的

麦积山像一座钟

像一座钟，在平凉孤悬
很多人从四面八方赶来，想听听它的祈祷
一步一个台阶
就是没有听到一丝玄机的泄漏
菩萨一个个端坐在很小的洞窟里
没有念经也没有说话

麦积山像一个精致的鸟笼
许许多多的翅膀
在这里收敛了欲望，空空的天，空空的云
树林早已是一个梦想
多少豪言壮语
顷刻间，化作了青烟袅袅

麦积山的苦闷没有人知道
朝拜它的人好像也与它阴阳相隔
我感到躲在深处的不是迷雾，不是烟雨
像是一个陌生人的脚步

在山林里，深一脚，浅一脚
走得是那么的不同凡响

你坐在岩石上

海边的岩石有些湿漉漉
海风也有些湿漉漉
天上有很大的云块在移动
你笑嘻嘻地在等待拍照

看不出有什么困惑和忧愁
也不需要有什么安慰
波浪起伏那是海的事情
我们就是开心地玩着沙滩玩着棕榈的影子

衣服没有被水弄湿
远方仍然很远
那船帆不知道在驶往哪个目的地
四周的滑翔伞平静地在降落
你此刻坐在岩石上
就等着我给你拍照
似乎心无旁骛，又似乎心怀憧憬

牛头山，和你不见不散

牛头山上其实没有牛头
要到山顶需要爬山
在山下和牛的雕像拍照
不算来到这里，包括和骑着牛背的道士

一路栈道一路凶险
很少有人来这里登山
那个在远处不见面的山顶神庙
有金色的霞光护佑
森林覆盖的道路就悬在脚下

一步登顶那是不可能的
可诱惑依然存在，
遗憾吗，牛头山，这次我没有与你牵手
我在山腰突然不知所措，头晕目眩

不是被妖风所伤，也不是罡气所累
可能是修行不够，可能是自己包裹太重
但牛头山，我和你的约定
依然是不见不散

塔尔寺的转轮

时间已经约定
塔尔寺的转轮不会停
人们在白塔前面拍照
在古色古香的寺前跪拜

雄壮的楼宇
并没有任何承诺
门票很贵
每一寸土地的路过，就要付出代价

时间不是永恒的
但信仰似乎是永恒的
搬一些砖来，砌一座大佛

速度只是身外之物（组诗）

许道军

源源不断的香客顶礼膜拜

转轮加速了，力量在旋转
梦里的大河汹涌澎拜
山脚下的房子，弥散着菩萨的味道
是油茶还是香火
塔尔寺有自己的解释
会不会又是一个没有明月的夜晚呢

卓尔山

倚着卓尔山的晨雾，其实也可以说是云
我们是在云中，山下的人会这么想
油菜花遍地金黄，雾散了
那是在天上了，当然，天上依然还有阶梯
分不清层次那是要吃亏的，海拔将让你
　再次吸氧

在卓尔山上远眺，祁连山脉的轮廓实在是
　我不能企及
广大的草原和原始森林仅仅像一团团
　小小的盆景
我像是在盆景上爬行的蚂蚁
切割着空气，切割着树叶，切割着每一天
谁知道蚂蚁有没有未来

卓尔山是雄壮的，它像是一头雄鹿，
正是发情期，尖锐的鹿角令人胆战心惊
此生在这里我或将拥有蓝天白云的青睐
以及山鹰的豪气，哪怕是一瞬间的意念
足以让一个行将老去的人想起遥远的雷鸣

今日的郊野

今日郊野无人，众物怯生生的
向我靠拢。我愿意暂作它们的首领
并叮嘱有名的显其名，无名的
各安于自己的沉静
有花的次第开放，无花的
请继续等待，另有使命

小路要继续向前
河流要在天黑前，赶到尽头
交付全部的褶皱和余光

落日要再慢一些，有的小草
才刚刚钻出泥土，要保证
每一个生命，第一眼看见的是阳光
风要吹的再仔细一些
要扫去我来过的痕迹
还要再轻柔一些，切切不可惊动
水边的梅花

速 度

十一月了,太多的事物
不愿意入秋

有人站在九月的桂花树下
有人逗留在五月的河边
还有人一直,在故乡的山坡上
挖桔梗

不用催促他们
人和万物,各有去处

途中,速度只是身外之物

宁 静

稻子在一点点灌浆
渠水轻轻流动,落日慢慢西沉
微风轻拂,郊野自在安稳
坐在河边的人,逐渐平静

他打开牢笼,放出内心的野兽
任它们嬉戏,各自回家

召 唤

石头中驻有火焰
铁中藏有声音
花朵在泥土中沉睡
鱼儿收敛了翅膀

世界在静静等待
雷霆一击
或者春风吹过

早 春

鼠齿草是斥候
它与水芹、荠菜七人组
先行潜入无人的荒地
柳叶是哨兵,它密切
监视冰块的异动

草木大部队埋伏在暗处
风在偷偷传递,躁动的信息
只等迎春花,高高亮起旗帜
千军万马就会着绿袍,系红巾
春天开始浩浩荡荡地
收复失地

风的语言（外三首）

晓 松

一经放马，一种婉约的孤独
流放于四月的深处，热烈迎合
奔放的舞蹈。目光丰盈
疏离的绚丽于寂寞的肋骨上
生长一朵曼妙的花

心事丰满，气喘吁吁
满湖的娇颜，被谁的指尖划破
粼粼片片，打乱了樱花
和鱼儿的对话

阳光下，一枚炫目的灿烂
香魂清瘦，用风灵动的语言
一声一声，吟诵着
潮起潮落

时光，被一杯酒灼伤

内蕴的火，缓缓从心里升起
殷红的记忆，透明见底
五味人生，一口陈酿
已是风月无边。锁住沉默的思绪
目光迷离，一只酒杯
盛满千年的月光

酸甜苦辣积于心底
一些大豆、高粱和其他的粮食
在煎熬的喘息中醇香四溢
握住手里，无法触摸的疼痛
思念如酒，一晃一晃
漾起满壶的酒话

夜醉了。嘴边的故事
轻轻一触，心乱如麻

月光，从酒杯爬出
挂在窗外。一些时光舒缓
偷偷溜着，已被前世的影子
烙伤

桑葚熟了

五月。桑葚熟了
故乡的炊烟，拧紧了心事
村头飘动的红头巾，挠醒星星的眼
牛尾巴上的日子，开始
忙碌起来

酣眠之外。一些事物
吞噬时间的锦缎，细碎的温暖
蜷缩着，从体内一丝一缕的
泄露

躲在绿荫之后。心事缜密
阳光在隙缝间穿行，爱的温情
让你低下了头。真的害羞了吧

你一脸红，我就回到了春天
回到，母亲带有乳香的
怀抱

桑葚熟透了。而季节之外
我裸露的思想，还是青青的
涩涩的味道
面对故乡，奔跑的大地
欲语还休

秋天的忧伤

屋内。空气流动
你在世界的每一个角落
纵容我的呼吸。坐在秋天的一隅
一动不动，任凭安静描述
秋天的忧伤

无意于对抗时光。沧桑
岁月的长河，留下最深的记忆
我在你的熟视无睹中写下一个字
然后，一层一层
剥开脆弱的心，就像剥开一个洋葱
面对这个季节的无情
泪流满面

我低声朗诵经文，给秋天的忧伤
赎罪。我们不仅需要
彼此的感动，还需要相互进入
从生到死，海角
到天涯

云岗石窟（外三首）

洪　亮

山势逶迤，若一抹青云
北魏的风吹拂我的衣襟
想起文武帝的皇皇上谕：
"凿石造佛，如我帝身"

连他脸上的几颗黑痣
也在雕像上一一留痕
他轻徭薄赋的统治
倒一点不像暴戾的父亲

佛眼看人，是苦海众生
人眼看佛，是慈悲为本
但诸多石窟中的造像
并不专属于某位帝君

只有艺术才让人服膺
每一尊石像都笑意含春
每一根线条都流畅熨帖
毫无石刻的生硬拙笨

穹顶上的每一位飞天
半裸的身躯轻盈秀润
西方的天使总赘有翅膀
这里只靠飘飘的舞裙

雁门关

汉武帝吟唱的秋风
吹过高低的城堞
像一阵又一阵奔马

抽打李牧的脸颊
染白杨业的须发
弹怨昭君的琵琶

"此乃华夏之咽喉
得雁门而得中原
失雁门而失天下"

击匈奴,防突厥
御契丹,阻瓦剌
将士的热血喷洒

李贺形容的黑云
并未将雄关摧垮
天边是赤红的晚霞

傅 山

清兵入关,为保一头乌丝
他索性出家当了道士

会客,品茗,作画,写诗
还上山采药,为黎民救治

接了圣旨,阳曲县令用担架
把他抬往京城,他装疯卖痴

在金殿直立不跪,康熙无奈
将他打发回去,以显仁慈

造物的美赐

临汾县西有姑射之山
也就是庄子的藐姑射山
翠色如染,但没有仙子

她在我们团队,肌肤如雪
穿一件垂泻至地的宽裤
自有卓越不凡的风姿

专注抓拍四周的风景
长筒摄影机如有磁力
不漏过一处嘉木美石

从她眼角的细纹来看
她肯定也有过伤心往事
所以常离开雾霾的城市

收藏美,钤印美,让美
不致轻易地随风而逝
这可是她平衡自己的方式?

她本身便是造物的美赐
当她的倩影所过之处
草木也焕发美的华滋

小窗之光（组章）

王崇党

　　眉公筑屋东佘山，善开小窗，引光芒透进，写下《小窗幽记》。

　　如今小窗之光，穿越时空，再次照亮我。

——题记

树把岁月都走得圆满

　　开门见山，抬头望天。真诚只需面对，从不必走曲径。

　　筑屋东佘山，远离喧嚣，只关注稻米和山林，依山而居的人，最终活成了神仙。眉公小窗内是自足，小窗外是大千，通过小窗的是智慧之光。

　　世事浮躁，我心难安。手握圣贤书卷，我登上东佘山，后面一直有风在推我，不让我在一处久留。树是长在山上的，风吹也不走，树越大，风越吹不动。

　　我习惯性地在路过的山石树木上敲两下，就像敲好友的门，直到哪棵树突然传来一声——请进。

　　听那声音，是仙师眉公。

　　树把每年的岁月都走得圆满，一圈圈的年轮是它生命的自传。人生则是一次发射，上升的快感只是为了把自己抛弃得更远。

　　在时间的跑道上，人们远没有一棵古松树走得更远。很多人开始向一棵树学习如何不动。

　　透过古松的缝隙，我看到一株山茂盛地生长着。山很稳重，任沧海桑田，时代更迭，山如一方镇纸，往那一放，就都安稳了。

　　我经常与山对坐，不自主地与山之间进行着转换，在身体里构建它的山石、小溪、翠竹，放置鸟鸣和风雨声……接下来，我所看见的那株山，就成了我跳动的雄壮的心。

　　其实，我们一直活在自我命名里。

　　人们把自己做成一枚指针，指到哪里，就喜欢为哪里命名。

　　以万物为镜，最终照出的却只是自己，并非万物。万物在那里，如辛波斯卡说的那样静默如谜。

　　终于明白自己是一件百变乐器，凡所能听到的声音，都是自身乐器的声音。

　　万物并没有声音，只是弹奏的手指。没听到心语，是因为我们还没有想到如何把自己做成弹奏山语的乐器。

你是自己的创世者

　　累的时候，我喜欢在山顶上小憩。山顶像一块云彩，让我从俗世的牵绊里浮出来，阳光的手掌轻柔地抚摸我，让我安静轻松，心生欢喜。

我躺在山顶一块大石头上晒太阳，阳光趁我不备时进入我的身体，一寸寸地照亮那些平时晒不到的地方，在照亮那些体内长成石头的阴影时，会有电焊冲击般的灼痛感。慢慢地我变得通体透明起来，像一盏点燃的孔明灯，随时都能放飞自己。

　　我清楚地知道，山顶是飘动的，就像天空的云彩。每次从云彩上下来，走进人群，我都感觉自己轻了很多，像一小块云彩飘在世间。

　　等高线绘成的地图，大山只是一滴滴层叠的大水。

　　阳光包裹着山顶的石头，如同包裹着一滴水。山顶只是一汪水，只汇聚光芒，无论什么时候，把自己放置于山顶都是一件危险的事。山不适合虚荣的人，来提高他们的高度，山顶很容易塌陷，没有一处水能够承受得起一个人无知的重量。

　　山顶上，风吹过，鸟飞过，仰望天空的山民无数次来过，来到这里，并不是想得到某种光环，只是倾听放在山顶上的星云唱片发出的天地喧响。

　　经历了千山和万水，就知道一个秘密——

　　任何一个微不足道的事物，哪怕只是一草一木，一只小小的蚂蚁，都是一个开关按钮，一经触动，机关就开始运转了，运转的结果就是我们的人生。

　　你面临的这个世界，就是因为你开启的机关运转出来的，你是自己的创世者。

我将翅膀收拢至体内，在蒲团上飞

　　众生。一个个的包裹。

　　快递到这世上，开始流浪之旅。多少人竟一生都忘了打开自己，露出本足。

　　一枚白，又一枚黑，时光交替着落下。我看不到棋盘，也看不到棋者，只见宿命在走。

　　执白是一坛酒，执黑也是一坛酒，我总是在执着中迷醉。

　　白天与黑夜，是棋子，也是蒙眼布。我们总想猜透和改变棋局，但所有的动念，只能让棋者发笑。

　　到处是陷落的日子，到处是围困的生命。在抗争与突围中，黑和白都是暴动的旗帜。

　　干脆把黑白当成生命的底色，我果断地化开自己。

　　云朵在天上飞，鸟儿在树上飞，我将翅膀收拢至体内，在蒲团上飞。

　　这个城市，几乎没人知道我是天使。太长时间不飞了，有那么一阵子，我连自己都被蒙蔽了，忘了自己曾是会飞的天使。

　　当初飞的时候，体会到用翅膀飞行，其

多棱的剖面（组诗）

刘国萍

实是一种局限，永远也飞不到要达到的境地。我收拢翅膀，是要寻找另外一种更好的飞翔。我将思想，打造成无限延展的翅膀，让它带我飞，飞到任何一个想要抵达的领域。

其实，所有的人都是天使，只是很多人收拢翅膀后，选择借助汽车、火车或飞机飞；有的选择像蠕虫一样慢慢挪行；有的甚至选择了放弃飞行……

那么多人都忘记了自己是天使，在喧嚣的社会里，挣扎前行。

我不想告诉他们这个秘密，告诉了，他们也不会相信。

我亲近自然，与草木结亲，与鸟儿攀谈，与溪水携行，他们知道我的秘密，愿与我结伴去飞。

无边的漆黑，突然浮出几粒星星，接下来是一场场揭竿而起的革命。宿命开始转动，一切偶然都是必然。

疼痛，始于要把自己从整体中一刀一刀剜出来。

双臂交叉环抱住自己，一些安稳，只有自己给的才觉得踏实。

双臂下的两排肋骨，雄壮且有力气，保护着身体柔软的部分。

累世的刀锋啊，我都一一放进胸膛的刀鞘，此生，我且用微笑来面对。

缘 分

你约他的时候
心里没有过多的考虑
纯粹想请他，到悬崖上的古村落聚聚
他说他最近太忙
言下之意不能成行

曾经约过他多次
你态度诚恳，像有求于人
其实什么诉求也没有

每一次，他的理由都无可挑剔
比如车辆出了状况
航班误点，老师约谈家长
或是三年疫情的限制

为此，你静心想过
感到这一件简简单单的事情
整个过程并没有对错
但与冥冥之中的因果暗藏关系
也许从很久很久以前开始
缘里的情分，已趋淡薄
只是彼此并无察觉

在用直

街角的对面
乌云压制了大批飞翔的屋檐
往事细如烟雨

坐在街的这一边
接受阳光细致入微的素描
姿态像一尊行为雕塑
仿佛与时间,考验彼此的定力
一道闪光窃走我的思想

对面的飘窗里
少妇抽着烟,那烟缕
像她出窍的灵魂
暗藏了倒钩的爪子

她怀抱的灰猫,用黑白双瞳
分割一条街的阴阳
那是晨醒时,惊艳到寂暗的亮光

我只是一个过客
不想理会劣质事物的低维能量
我习惯于独来独往
偶尔,也显露一下峥嵘

夜 宴

挤进门缝的风声
极尖细极锋利,并带有沙尘气昧

它来密报:那个虚无的存在
已经从白夜的尽头
显化在预料之中

能让风雪狂奔的时刻到了
那个人骑着独角兽,走上闪电
赶在厉风前面
把恫吓与诅咒丢弃身后
死亡对他来说只是一次修正

夕阳西去的山口
紫月翻出眼睫毛的夜宴
乌鸦从自己的本色里飞走
潜伏一帘幽梦

他按住雷声,取下斗笠
坐上自己的席位
将审判与挑战同时搁在身边

隐　者

你说，翻过这个至高的寓言
就可以抵达隐者之巅

我相信自己
已经穿过了他的维度
但找不到他的踪影
仿佛化身为分秒
反过来，穿越了我的穿越

念头翻转黑白
终究不能证明他的在或不在
一个虚影，走在孤独的脑海里
祭扫思想的灰烬
触手可碰却遥不可及

他打开的背脊
像一部无字天书
像《山海经》里的一场梨花雪
于你于我，都有重温的必要

死亡收藏神迹，包括他
与我们所有等于数的总和

接　机

在一条电动步行梯上
前行的方向不需要思考

老远就看见他举着接机的牌子
你向他频频招手
他却视而不见，又一脸期待

你像走入双面镜的夹层
无法跨越近在咫尺的距离
尽管，你给了他明示
但他仍处在懵懵懂懂的状态

你只好调转身去
像一部彷徨哲学的空洞反映
他则扶了扶黑框眼镜
守在自己心跳的回响中

内心蓬起荒莽之月
它的斥力，将现时的形影
象形为鲲鹏大鸟，本来
你已经在回家的路上
此刻，却被一个魔幻的剖面误导

忆昔青海行（组诗）

金 谷

回 眸

乱世中出生，少年我不是愤青。
无奈离家出走，愤然闯入江湖！
孤身万里塞上行，只为寻梦人生。
从此流落天涯，饱尝红尘甘苦——
不知走了多少路、攀了多少山、涉过
多少河，踏平了多少崎岖坎坷！

难忘迷情青海湖、奇水倒淌河，
长记山格勒的篝火，疯癫了歌声舞步；
盐筑的路、盐架的桥，茶卡盐湖无浪无波，
柴达木深处，疲惫的学生夜走孤寂天路。
隆冬腊月，在冰封的湖心凿冰打鱼，
冷月无声，在寂寞的布哈河口彻夜疯歌……
啊！青海——六十年前我初涉尘世，
一滴圣湖水，少年懂得了生活有多咸苦！

青海湖的蓝

蓝色的青海湖，波光蓝得晶莹，
我的靠近，激动得荡起漪纹！
哦，你是西王母的瑶池？还是
日月山头文成公主抛落的宝镜？

蓝色的青海湖，水色蓝得纯净，
我的凝眸，被你的深情湿润。
传说大海把最疼爱的孩子生在高原
果然！湖水和我故乡海水一样的多情！

蓝色的青海湖，蓝得海天般深沉
啊！你的丰盈与神圣，來自哪一种基因？
喜悦是蓝，忧伤是蓝，生命的情怀是蓝，
灵犀一点，湖面涟漪是我心上的皱纹……
背靠昆仑雪山的白，
面朝无限苍茫的空，
青海湖，你蓝色的情涛波涌，
涌动了我的血脉，知是亲情，诗情？

无波的茶卡盐湖

走近著名的茶卡盐湖，没看到碧水清波，
落满大漠风尘的湖面，如白象体肤。
走上盐桥，没见桥堍与钢梁架构，一块块
晶亮盐壳，无缝对接盐粒铺筑的公路。

啊！盐卤与岁月腌渍出的坦荡大道，
走在上面，眼睛和舌尖都很咸苦。
苦咸的路，苦涩的桥，咸是生活的调味啊！
忽然觉得：盐比糖更耐回味、更具力度……

山格勒的篝火

柴达木深处，一片枯死千载古森林，
山格勒，一个地图上找不到的地名。

今夜，旷古荒芜的寂寞被打破，
是谁？谁的豪情拉响了手风琴！

——砍挖了三个月枯树残根，
来此垦荒的学生，疲惫不堪心头苦闷。
劳动不是跳舞，青春不能没有歌声！
点燃篝火，苦中作乐滋润心灵。
唱起来，跳起来，尽情地疯狂吧！
让熊熊的篝火，燃烧我们的任性。
此刻，荒芜的孤寂被青春的风穿越，
我枯寂的心，谁来穿越？谁解迷津！

隆冬，青海湖打鱼

满头白发的海心山顶，
披上了一抹朝霞光晕；
晓风晃荡湖上，挟着
彻骨的寒气，身冷心更冷！

滴水成冰的高原霜晨，
谁在凿冰？打碎了一湖寂静——
来自东海之滨，寻找理想前程，
我们是一群盲流知青。

身份？昨天的省轻工业学校学生，
今已变身为布哈河渔场工人！
哈！天欲降大任于斯人，必先
劳其筋骨，苦其体肤，磨其心性……

在隆冬的青海湖打鱼，我们凿冰，
紧握冰棍，一次次发力击穿三尺冰层。
一天一网，一网千斤，收网已夕阳西沉，
丰硕的收获，并不让人激动兴奋——

万里西来，可不是为了青海湖的湟鱼，
青春、理想，无奈被冰湖封存！
啊！亲手撒下的网，反罩在自己头顶，
破网而出的希望？渺茫！哦，这就是命运。

冬夜，黄河无声

月黑风轻，冬夜沉沉，
狂热的喧嚣，也有短暂的安静。
独坐在九曲黄河的臂弯里，
我凝神倾听，听不到流水声音？
——呵！黄水被结冰，寒潮无情，
封冻了一河活泼的生命！
茫然四顾，寒衾孤灯，心儿
潜入记忆的冰层，黯然销魂……

——两股道上行车，苦旅中平行。
突然莫名交会，这就是命运！
啊！疯狂的时代，动荡的人生，
疯狂的岁月，爱情也任性。
纵然，我是一口古井，沉淀了太多风云，
也被痴情的疯癫，搅动出漪纹。
春心点燃的情焰，熄灭于时代风雨，
今宵黄河滨空自咀嚼失落的温馨……

怀乡游子、家国天下以及历史空间呈现

——评曹卫东诗集《策马千山》

杨斌华

> 恍惚里，那个寻梦的少年
> 正手捧月饼
> 从千山万水策马归来
>
> 暗香袭来，抖落一地相思
> 从此，故乡只在
> 我的笔下，我的梦里
> ——《我从千山万水策马归来》

我与诗人曹卫东素未谋面，就我粗浅的阅读感受而言，他仿若一位"归来的游子"，"肩负的行囊沉重了／涌动的乡愁"，"寻找光阴的缝隙／独自一人感受这夜空的寂寥／任思绪流淌／穿过灯火阑珊的角落"，"览遍春色，阅尽铅华／记忆，在一颗流星飞逝的瞬间／鲜活"。他的首部诗集《策马千山》各辑分别以"一碗人间烟火"、"归来仍旧少年"、"策马千山万水"、"惯看春月秋花"、

"云中谁寄情书"、"此情家国天下"挈领命名，咏怀世情，流布乡愁，语势意态婉转低回，简约丰醇，秾艳抒写了自我的人生感喟、行旅情思、家国眷念和爱恋幽梦。诗人在诗意的寻梦旅程上"千百次地守望"，而"心路的小溪却更绵长"。他意欲探求的是在"那暮归的笛声"中"记忆里最美的风景"，是涉猎时间、历史和文化审美的自然样貌。其实，他更愿意不倦地追寻"一行多姿的白鹭直上云霄／向着更远的远方／恣意翱翔"。

"愿你阅尽千帆，归来仍是少年。"它展现的是诗人对于人生和世界的深刻洞察，即使经历了时间的洗练和生活的磨砺，个人仍旧能够保持赤子之心的一种赞美，同时强调了内心保持清净、纯真和无畏的重要性。"此心安处是吾乡"则更显现了一种苦尽甘来的人生欢喜，一种泰然自若、身心两安的精神仪态。而曹卫东在诗集里就这样写道：

"独在异乡的风中/任一杯烈酒,蘸满乡愁"。"在旋动的时光陀螺上","重构一颗年轻的心"。在《策马归来》的语言制图中,正是如此这般充满着一种迷离、暗长的乡愁,挥之不去。然后,"此刻,我终于/和心中的另一个我/达成和解"。

在诗歌的语词世界里,所谓怀乡恰似一条深邃而温柔的河流,它静静地流淌在每一个携有岁月惆怅和伤痕的游子心间。现代诗歌中的怀乡,不再是简单化的景物描状或情感抒发,而是融入了更多的个人体验与情感底色,呈现出一种更为斑斓驳杂的语言面相。其中,怀乡可能是对故乡一草一木的细腻回忆,也可能是对童年玩伴的深切怀念;它可以是夜色阑珊心灵孤寂时的一声轻叹,也可以是梦中归家路上的匆促脚步。现代诗人正是以其独特的察看视角和敏锐的感悟力,将这份复杂难言的情感磨淬打造成一首首动人的诗篇。在这些岁月诗章中,我们可以审看到诗人对故乡的深情凝视,他们用精炼文字勾勒出一幅幅生动的画面,让读者仿佛置身于那片既谙熟而又觉得遥远陌生的土地。同时,怀乡主题的诗歌往往还暗隐着诗人内心的困惑、矛盾与挣扎,他们渴望回归故乡的怀抱,却又无法割舍对现代生活的依恋与追求。现代诗歌中对于怀乡主题的持续书写,无疑是诗人跨越时空对于一种永恒文化精神的共情、共振和共融。它使我们在喧嚣的都市生活中寻求到心灵的慰藉,也让我们在异地异乡的漂泊感中体会到家园般的温暖,烛照着我们前行的道路。在曹卫东的《策马千山》里,怀乡感始终是隐伏在他诗行间的一种情感符识,演化为一种内心的丈量,抑或就像他诗中写到的:"总有一些事物不能言说/门环上的斑斑锈迹/不经意间/把我的心悄悄硌疼"。

"凌寒而上/一群先行者向死而生/在起伏的山峦上奋勇攀登"。"一颗种子心怀春天,注定了星火燎原------你看,大渡河上那铁索的寒光/融进了东方的朝阳"。

在《策马千山》的部分诗作里,显然包含着对于革命先行者和历史上的英雄先贤的一种礼敬与景仰之情。在现代诗的广阔天地里,这种敬仰的情结元素如同璀璨星辰,穿越时空的界域,熠熠生辉。它不仅是对英勇行为的颂扬,更是对人性光辉与不挠不屈斗争精神的深刻揭橥。在诗歌史上英雄先贤往往被赋予了超越常人的勇气与智慧,他们面对困境与挑战,不退缩、不畏惧,以一己之力或集体之智,书写着壮烈的传奇与生命的辉煌。这种情结元素,不仅仅是对力量与胜利的期冀,更是对内在信念与忠诚的坚守,是对生命意义与价值的不懈追寻。

同时,它又时常与孤独、牺牲、救赎等主题交织在一起。他们在追求理想的过程中,必然要面对重重困难与挑战,甚至要承受孤独的痛楚与牺牲的代价。正是这些经历，使他们的形象更加丰满、立体，也令其英勇行为更加具有震撼人心的力量。再者，现代诗也通过对此类主题的契入和描绘，助力了对于历史文化的反思与重构。在消费主义与娱乐至死的时代，英雄先贤的形象易于被商业化和娱乐化所扭曲，失却了应有的深度与内涵。而现代诗则经由独特新异的艺术构设，揭示和暗喻了人物事象背后的复杂性与真实性。曹卫东《沉重的翅膀》一诗中就曾写道："待到山雨袭来／那一刻，才幡然醒悟／用物欲和贪婪撑起的天空／灵魂该在何处安放"。当然，对于曹卫东而言，这部分诗作的运思还显得过于薄弱，流于简单化、模式化，语言表达亦平淡无奇。

"我把一串串脚印／遗落在了苍茫雪地／如同一枚枚的异形印章／深深浅浅／向着神往的春天／延伸"（《我在风中掂量生命的质量》）"千年的等待／只为与你此刻的相见／祥云之上，卢舍那大佛／那抹定格在时空的微笑，唤醒了／一些沉睡的灵魂"（《龙门石窟》）

在曹卫东的《策马千山》里，还有许多属于行吟类诗作，力图表现出一些圆融今古的当下生活感悟和情思。言谈及此，我们仿佛能够听见时间的低语，穿越岁月风霜，与那些跳跃在纸页间的文字共鸣。它们是自由洒脱的灵魂，在行吟间游走于现实与梦幻的边缘，不拘一格，勇于变法。它们是诗人心灵的独自叙述，也是与生活世界的对话。它们更显示为一种生活态度，是对生命、自然和文化历史深邃细腻的描摹、感悟和思省。

诗人以笔为舟，以心为帆，在语词的疆界里穿行遨游。它们可能温柔如水，轻轻拂过心田；也可能激昂澎湃，震撼着聆听者的心房，让彼此的心灵得以相通，情感得以共鸣。我们或许由此可以切实感受那份来自灵魂深处的震颤与悸动，让心灵在诗意的山海之上自由翱跹，与那些伟大先行者的灵魂相遇、相知、相融。应该说，《策马千山》只是就此作出了某种粗浅稚拙的探索和努力，而尚未成就一种具有自我辨识度的诗学标格。

"风吹草动／清贫不失报国之志／江山梦影／醉卧青山仍思仍忠"（《铁马冰河杨万里》）"北向而行。站在山海雄关之上／看晚霞丝绸般地铺满记忆的天空／目之所及，是悲与壮／血与火淬炼而成的万里之城"（《长城，屹立在炊烟四起的黎明》）

"家国天下，君子不器，"在我看来，作为诗人的曹卫东及其《策马千山》无疑更满溢着一种真切的家国情怀。尽管这些直抒胸臆的诗作似乎过于标签化，较为缺乏作为诗人语象营造的标识度，确实存有不少令人遗憾之处。在探讨现代诗中的家国情怀时，我们仿佛踏入了一片情感的沃野，那里既有对故土家园的深深眷恋，也有对家国天下的深挚关怀。现代诗人常常以其独有的锐敏笔触，将这份宏大广远的情感融入字里行间,让人们在品味诗歌的同时,亦能感受到深沉的责任与使命。家国情怀,是现代诗中不可或缺的主题之一。它不仅仅是对家园本土的思念与眷恋,更是对国家、对民族的认同与挚爱。家国情怀还常常表现为对历史的追溯与反思。诗人通过对过往岁月的回瞻,展现出一个国家、一个民族所经历的沧桑与辉煌。他们以一种深阔而悲悯的情怀,审视着那些被时间尘封着的记忆与梦想,让人们在感慨历史命运浮沉的同时,愈加能珍视当下的生活。

同时,家国情怀也自然蕴含着对未来的憧憬与期许。诗人以笔为剑,以梦为马,勇毅探寻国家与民族的未来之路向。在诗歌的韵律与节奏中,家国情怀如同一股清泉,滋润着每一个读者的心田。它让我们在繁杂喧闹的生活中,找寻到一片宁静的港湾;也让我们在迷茫与彷徨的时刻,更加执持一种坚韧的信念。正像曹卫东有首诗所写道的:"守护家国已成一种习惯/它的字典里从无伤痛二字/有的只是万里长歌/今夜,当与苍茫远山一起入画/用一个诗人的笔触/升腾起黎明的炊烟,勾勒家的方向"。或许,他早已竭尽心力,将语词的勾画变成为自身的心理习惯,在清醒和怅惘的交替中不甘于忘弃自我的找寻。

本来,文学的功用就是着力于关注人以及人性、历史、命运,时代变徙带来的精神困境、人们渴求心灵皈依的状态使之急切地希冀确证自我身份,而回返历史境况、前喻文化想象类比则易于成为作家确立自我方位的重要路径。因此,《策马千山》某种程度上同样也是作者对于历史与自我予以反向探究的结果,在既往与人性的多元塑造中实现一种当下的精神询唤,为现实生活提供不竭的情感动能。对一部文学作品来说,假使它能够力图再现宏大的历史场景与民族存亡荣辱浮沉的悲喜命运,加之渗透进作者的关切追摹、淬炼加工以及旁人不可投入的生命感悟,便已然可谓是一种成功的书写,成为作者顽强经验记忆与精神寄寓的投射体和集成体。这些显然都证示着关乎历史与现实的文学叙事本身是作家文化想象经验的虚拟架构,是一种将真实的现实历史他者化的审美性营造,依然具有着绵延不息的生命力。

在中西诗歌中,感怀历史兴衰、吟咏时世流变的作品浩如烟海,纷繁多样。然而,在历史的框架和视野下所咏叹、抒发的情意和情怀,都理应是一种文学性的叙事,一种充满生命质感的诗性的叙事。诗人从自身最为切要的感受出发,来讲述生活和历史,讲述个体的经历、体验和启悟,并赋能作品以哲思的意味和诗学的肌理。因而,这种讲述也构成为诗人生活中不可剥离之物,融入进其生命情性磨砺的全过程中。这种叙事正是诗人对于自身所关切的问题的解答,一如海登·怀特所言:"如何将了解的东西转换成可讲述的东西,如何将人类经验塑造成能被一般人类，而非特定文化的意义结构吸取的形式。"对诗人的写作来说，这样一种自我变异、自我转寰尤为迫切和紧要。

　　诗歌的书写是一种精神活动，诗人的讲述本身更亟需一种普遍性和共通性。这将使得"文学文本的验证不再是狭隘的、参照性的，而是主体间性的，超越了国界和时间，将读者和读者粘合在一起。"（茨维坦·托罗多夫语）由此而言，对于描画历史空间下人物事象的抒情诗写作来说，它如何锻造讲述方式、淬炼语言能力，突破其形制本身的限制和拘囿，从个性化走向普遍性，无疑历来就是一种艰难且具有复合性的精神熬炼。只有个人的激情和经验的流露，还不能算是诗，只有当它们产生普遍性的同时，才能真正称得上是艺术。（阿尔道诺语）这样一种诗歌书写中历史空间的呈现过程，显然需要一种言说主体自我人格化的撑持，同时，还期待着它能够穿越重重时间雾障，指认出一种历史的未来性，一种文化的回环感。它足以将过去、现实和未来交融到一个深远阔大的时空架构中，用以扩展历史空间延展接续的纵深度和宽广度，使之在时间的流动和事象的聚合中生生不息。正像巴赫金所说的："时间的标志要展现在空间里，而空间则要通过时间来理解和衡量。"历史空间的呈现绝非抽象的概念复制，它既是一种可以散落在精美诗行中的内心图景，也是一种伸手可以把触的地理图标，相映成辉，异彩纷呈，进而深深镌刻在人们的情感记忆里。

　　"原野寂寥／时光暗淡，脱落　一只鸟，正在／隐秘的角落沉睡，或者／为下一次腾飞／养精蓄锐　　冷风吹过／那些匍匐在地的／干枯的野草／正在等一粒野火／燎原，完成／最美的舞蹈"（《野火1921》）

　　"游子怀乡兮，莫知西东。莫知西东兮，维天则同。异域殊方兮，环海之中。达观随寓兮，奚必予宫。魂兮魂兮，无悲以恫。"（语自王阳明《瘗旅文》）

　　而曹卫东的诗中也曾写过："一盏茶，一杯酒，一支笔／还有流淌自笔尖的一首首诗／此时，不写红尘的纷扰／不写寻常的巷陌／只借此间的一抹抹青绿／铺就十方山河"。他这样一位策马千山万水，试图从语言异乡踟蹰归来的怀乡游子，真诚渴望把捉住家园四处那散佚了的灵魂。此刻，"那颗疲惫的心／已踏上了千里外的村头"，在文学与生活的错动交缠里，他"走出梦中／总有一条路从远方而来／又向远方而去"。他深情地写下这样的诗句："年年岁岁，冬去春回／因为挚爱，我用脚步／对这片土地一次次地丈量"。因为《策马千山》，我们由衷地祝福和期许曹卫东人生和文学的当下与未来。并且，我们已然看见，诗人那蓬勃跃动的心灵，恣意飞扬的情怀，好似正——

　　"呼之欲出／此刻，心在驿动／我的双眸中／天空开始辽阔"（曹卫东《元日》）

诗坛过眼

个体生命的地理图
——谈曹向东诗的叙事性特质

王 云

眼下正是"新疆"话题在各路媒体上大热的时候，恰巧克拉玛依青年诗人曹向东给我传来一批作品。粗翻之下，生出一点"行旅诗"的观感，待到再细读，发现这其实是由作品的一些显著特征——西北风物、人生行脚中对许多细碎瞬间的敏锐察捕，以及相随而生的思辨带给我的错觉。上述元素叠加在一起，其实是近乎完成了旧诗中"赋比兴"的流程，因此不由我不对这批诗歌产生"类行旅诗"的联想。但是对出身广袤新疆的作者而言，并不用"行旅""奔赴"就能抵达诗中的风物，那本就是属于他生命的一部分。之所以主观联想到"行旅"，是因为诗人在作品中搭建的具象世界，是阅读者未曾到过的远方。

然而从另一个角度考察，整体看待这部诗集，视之为一首描绘作者人生行旅的长诗，也未尝不可。作者极善于在人生行进的途中捕捉片段并写进作品，所以他的诗歌中具备鲜明的经验叙事特质，这种特质重度参与了作者诗风的建构。

一、经验叙事的内核

曹向东的诗虽然篇幅都不长，但是基本每首诗都有一个叙事性内核，诗歌凭此内核确立骨架。部分诗作的内在叙事性，从题目中即可以清晰地看出。如《傍晚散步》，写和母亲一起再寻常不过的一次傍晚散步，从"靠近天山"到"环城北路"，随着叙事的进行路线，诗歌也顺势展开。《拍照片》一诗，整首诗成立的根本是"拍照片"，入镜的"圆月亮""旧电线""老桐树的枝桠""大面积的星空""年迈的外婆"等精心选择过但不显刻意的意象组合在一起，随即建构起了诗歌的情绪基调：游子回乡的感触。

这种叙事性内核，多基于诗人对生活敏于观察、随之收获的个体生命经验。所谓"经验叙事"的情节模式之一，按照《叙事的本质》一书的解释，就是："基于历史上一个具有前因后果的事件或一组相互联系的事件序列，将其从那些次要的、偶然的环境因素中剥离出来，并以一则叙事的形式而独立存在。"在曹向东的诗中，这样的叙事常是一个已经成型的事件，即使可能只是日常生活的一个切片，但基本结构完整。在这本诗集的绝大多数作品中，我们都能找到这种内核的存在。

《赶路人》一诗中写道：

我们是陌生的。由于春运
我们都没有抢到，一席之地
好在我们一路有说有笑
欣赏窗外风景，闲聊惠民政策

诗歌记录的是在某一趟春运旅程中，和陌生的同路人的偶遇、交流、再分别，对"赶路人"形象的描写，对下车之后主客双方都要重回陌生人的了悟，都依附在这个事件主体之上而存在。

《一种想法》一篇，选择在开头揭示叙事内核的整体样态：

走了不知多少次的桥
再一次路过，很少有这样
多此一举的驻足

全诗若被概括，所写的就是作者路过一座熟悉的桥，停驻其上，环看景色，进而产生怀想。诗的基调因为有"被思念的外婆"的存在，而在事与景之后导向亲情，结尾的暗喻佐证了这个情绪成分：

一阵微风拂过便有层层波纹
向我涌来。多么像这湖泊的皱纹
只不过它的规整，她的有些凌乱

湖泊水面的波纹，暗喻着那位在上文出现、此刻正被作者思念着的老外婆。诗歌不可无情感，但情感不能尽数流于字表，暗喻起到的作用，正是将情感以一种背面傅粉的手法进行归置，曲婉而有情味，是诗歌审美的必要成分。

至于到了《晚餐时刻》，较之集中大部分作品，这首诗篇幅稍长，也因此写事笔触更加细致周全：

平实的话语穿梭在烧烤摊的油烟里
醉酒的人说不着实际的话
用方言说故乡的庄稼和北京的秋风
……
他们碰杯，紧凑的声音如风
吹散他们浓密又狭窄的话语
……
他们此刻在异乡的小镇
已过了喝闷酒的年纪而
那醉人的声响仍会冲破云霄
像故乡此刻的烟花——
他们紧咬雪莲王的过滤嘴
就要看到了一场永不落幕的
烟花秀

全诗如一幅即景，对一次餐聚的场面描

写贯穿全诗，一群也许是外出讨生活的中年汉子，在异乡的村野消化属于他们的晚餐，场景的热闹粗放和作者含而不发的悲悯惆怅，从内里上造成一种对立却不可割裂的碰撞，整首诗达成一个严密的整体。

二、叙事与诗歌的情绪

事件是诗歌成立的内核，但需要指出的是，曹向东的诗歌写作，其目的性显然并不在叙事，其根本旨归依然指向情感的表达。这使得他的诗作以事而立，却又一定程度上超越了单纯的叙事诗、或流于浮泛的状物写景。集中有部分诗歌，从题目上看是写景，如《小镇相册》，用"灰蒙蒙的天空""空阔且沉闷的道路""加油站""工业园区""牛肉面馆和泛碱的土地"等意象搭建起来的，显然是作者熟稔的家乡风景，所以诗歌行进到结尾时候，虽然仍是景语，却由"人"景荡开对乡土的眷恋：

> 公交站台等车的人是
> 众多场景里迷人的一部分
> 是不动声色的加重与安静的减轻
> 是我们认为熟悉或永远无法走出的

景物描写在这部分诗歌中起到的作用是"兴"，诗歌最终的走向必要有"兴"外还有物，方能避免浅薄。从以上部分选诗也可看出，集中诗歌的意象选择具有鲜明的西北特色，这是作者个人诗风的重要组成部分，使之可以与别人的诗歌区隔开来。出于一种技术性的自觉选择，或是诗人非自觉的写作能力，在情感与意象的搭配上，都形成了一种立于惯常之上的娴熟与分寸得当。

如《沙枣树》：

> 往西眺望，越过界河
> 界碑，戈壁荒漠，广袤的洁白
> ……
> 轻音乐循环了整整一夜，我离都市遥远
> 没有霓虹灯，瘦高的楼，灰蒙蒙的天空

诗歌的前半段平铺直叙，重力放在结尾（这是曹向东的诗常出现的技术形式），戛然而止的同时点题：

> 让我不经意间想起来的是——
> 一棵沙枣树的孤独

诗歌在叙事的骨架之外，被附以浓厚的情绪，继而生发思辨，所以开拓除了诗歌语言之外的空间。思辨借此一空间而制造出余韵，以暗示性的方式出现，立基于现实而不拘泥于现实，形成具象和抽象的结合，诗篇整体得以呈现出一种拔高式的艺术表现力。

《陌生老人》这首诗，虽然篇幅依旧不算太长，但可以拿出来稍作一细说。这首可以被认为通篇皆在写景，从前半段纯粹的西北风物：

从新疆伊犁到这里
蓝天一直没有出现断裂
说不上名字的山
我们之间，人烟稀少
树木，河流，湖泊也少
不规则的农田，托着几只牛羊

到后半段切题的"两个老人"，依然可以被看作是另一组景物：

除了这些，剩余眼睛里的内容
是两个老人，坐在院落里晒暖

通诗写法犹如"移景"，但是依然是在结尾处，加入作者的叙议，诗歌便得以整体升华。

他们坐下来的样子
如果把他们背后的那座山
平移过来或者把他们平移过去
他们像把山，扛在肩上
如今苍苍白发，两人共同面对太阳

通过实体的字句所达成的言外世界，是诗歌在形式之外所以能"成诗"的关键。相较于旧体诗，对于没有严密的格式规定的新诗来说，这一点尤其重要。在由客观事实和主观情绪所构建起来的诗歌主体之外，留给读者有余地的思考和拓展空间，也就是说，构建了诗歌的内在精神。诗是需要含蓄、能够提供二度思考的空间和有余韵的。

再回头细究曹向东诗中的情绪，也表现出较为鲜明稳固的个人倾向。诗人的眼睛倾向于捕捉生活中常被人忽视的片段，常可以看到诗人以"赠某某人"的格式写的诗：一个老人、一个修鞋匠、一个外来务工的中年人、辛劳的父母、远隔千里的外婆，与家人的情感，对家乡的深情，使得诗歌中的具象虽然常在呈现莽莽西北的风物，但情感却温柔敦厚。西北的景色，对人的情感，精神的思辨，都附着在叙事的骨架外面。这些诗的共性是包涵对人的关怀与悲悯。《写给M叔叔》里，由刮在自己身上的北方的冷风，作者想到那位已经分别的食堂清洁工M叔叔，他的一双经受风寒的腿。《写给服装厂金阿姨》的主角，为了生存，在揽工时隐瞒自己的一切真实信息，作者却真诚地希望她"保重"，并感叹："像您这样的人，做个诚实的人，的确充满难度。"

三、叙事的作用与力度

以上可见，叙事的内核、具象的写物状景、几乎在每首诗中都未缺席的思辨，三者结合，是曹旭东诗歌的基本结构特征。叙事性内核在诗歌中起到的作用是捏合全诗，使之成形。而其中的经验性又意味着个人写作特色的建立，所谓经验性，一是诗中的"事"多来自作者自己从日常生活中获取的生活经历，二是诗中的风物与作者个人的关系密切，大多来自养育他的乡土，这是个体经验性的另一层涵义。

可以再稍谈曹向东诗风的另一特点。上文已有例诗涉及，他常用篇章的三分之二左右叙事，在结尾处用力，但并不使蛮力拔高。可以看《拍照片》这首诗，如果诗歌只停留在拍照片这件事的结束，虽则表达了思乡之情，却会显得平淡。幸而作者笔锋一转，结尾收在一个转折处：

马上就要过年了，今晚没有圆月亮
今晚有一场大雪，紧凑茂密
这让我想起了边疆，想起了冬天的你

游子归乡，解决了一种思念，却又产生了对另一个远方和人的想念。这种切换之下，诗歌的空间得以延伸，层次感得成立，韵味得以增长，诗便摆脱了平淡。"宕开一笔"是一种难度并不特大，效果很好，但却时常会被写作者忽略的技巧。《逝去背后》一诗中，描写的是红绿灯下努力抵御严寒的路人和包子铺带着人间烟火的烟氛，形成苦寒与温情的对比，使得诗歌形成一种对立的张力，还有一个夹在中间观察整个事件又随之陷入思考的作者，写完这一个短小却完整的夜景切片之后，作者用三句总结了全诗：

在夜晚
有人将一天回顾，试着采集人生的蜜
试着在模糊的世界，用力追求清澈的答案

也传达了作者意图通过前面篇幅的写景状物传达的情绪。

最后，以《写给油菜花》一诗为这篇小文章收尾，整部集子中，这是我较为突出喜爱的一首，轻巧而富有意蕴：

铁柱与铁柱之间的门
被你顶开一条缝，探出头
看人间二月，蓝蓝的天
舒展渴望已久的自由

诗中的"油菜花"，或许可以看作对人的暗喻，努力生活，顶开一条缝隙，努力看向蓝天和自由。同时在生存的艰辛中也没有放弃对美好事物的热爱：

你更接近星星，月亮
云朵和飞鸟的眼睛

最后：

用你用过的每一样事物
换取成长

正好似这本诗集，其中所有的大量被作者取用的人生道路上的截片。组合到一起，成为了对作者人生一个阶段的艺术性概括，是为一张写满诗意的行旅图。

谈 谈（外三首）

天 谛

我想找你谈谈
因为一片叶子落地
它不早不晚
在我看得见的傍晚
你也恰好看得见

你说它是金红色
我觉着褐色
是你太喜欢金红色
还是我喜欢褐色
所以看得不一样

你说就是金红色
说褐色是缺乏想象力
没有浪漫情怀
而我觉得现实怎样就该怎样

叶子听了一会儿
翻了一个身
显示绿色后
跟着晚风
走了

夜深沉

黛色凝重
星子淡淡
苍穹留些天光
地籁则轻轻低吟

夜已深沉
一切失去面目
好像都可以赞许
狰狞喧嚣
变得乖巧
豺狼虎豹
也参与修行
万象沉寂时
万象都有佛心

大有和虚无
幽冥际会
或来自于天外
或藏匿于地壤
或生发于内心
氤氲之中袒露原形
尽管意欲美好
尽管有些丑陋
甚至消极或霸道
但却见真

因为有存在

所以衍生权利
权利是生灵的保障
苍天赋予的
人类觉悟的
生命共享的
万物皆有理由

从此必须让道
不管谁让谁
如林木让风吹
哪怕吹断吹走
小草饲喂牛羊
牛羊饲喂虎狼
虎狼臣服于人类
只有人类
往往我行我素
可以无法无天

天黑力乏了
良善歇息
罪恶昏睡
糊涂与清醒
失去了知觉
但那是为了修复
来日的形形色色
将愈演愈烈
够你瞧的
活物们精神起来
会热衷于一件事
剥夺

无　形

我在读一本书
讲的是预言和实证
预言是未来事
而实证真假难辨
好像读着无用
可能仅仅是我无用
未来等不及
当下不敢信

空闲无聊
约个红颜喝酒
她频频接打电话
我的话题她爱理不答
而在电话里讨论物价
那么喝酒也行啊
或者还干点别的什么
以前很投缘的
艺术哲学文学人性
意识形态意识流
她说物价让人头痛
那些东西是蚯蚓
是用来钓鱼蟹的

我只好去独步天下
爬上一座山的腰部
上见白雪皑皑
下见清涧激湍

顾得了雪白
顾不了碧翠
就我一人穿皂衣
上不上下不下
傲立其间
我很想指点江山
可是江山忽略我
我也只好忽略自己

剩下卧床一条路
吃饱了睡睡饱了吃
睡出个昏天黑地来
吃出个颠乾倒坤来
无时空
无溺爱
无恋欲
无牵系
幻想着所有
抓空在手里
一无所有

对　　坐

没人理睬我的时候
或者我不愿意答理人
会去庙里见一尊石佛
据说石佛叫弥勒
没来由地对我笑
而且笑得特别周正

那种口型随同那种神态
那种无邪参合那种纯真
不得不让你信任
至于祂的袒胸露乳
那种性别难分的胸部
让人感觉襟怀大度
那凸现的肚脐
我阿谀地认为
那是一只难得的慧眼
你心中有鬼无鬼
祂看得特别清楚
只是一笑置之

我在过道对面与祂对坐
我瞧着祂上下其眼
祂瞧着我不动声色
我有诉求只是不明何求
可能仅仅是孤独
祂与我一样形单影只
只是祂脸上刻的是笑靥
而我可能是疑虑或是愁苦

我用腹语与祂交谈
祂用沉默与我对望
两两相对似打着哑谜

不觉光阴荏苒
我的诉求也逐渐清晰
我想找寻苦难的解法

失约的雨（外二首）

水晓得

听过大师布道
驱除内心逆障
换得今生来世福报
听起来复杂
做起来还是复杂

日光透过天窗
给石佛投下阴影
笑脸依旧却不再明朗
进香的游客络绎而来
对着石佛作揖叩拜
嘴里念念有词
脸上泪光闪烁
礼毕起身
朝功德箱里投掷钱币

石佛笑纳还是婉拒
我不得而知
可是突然惊醒
苦难的根源非常简单
或许就是金钱

这感悟并未出口
我感觉身子瞬间石化
心不跳血不流
与对面的祂一样
呆若木鸡
动弹不得

噼噼啪啪，或者滴滴答答
江南的夏，由云水与阳光
轮流做庄

一个赤着脊梁的红脸汉子
在一个小巷里，似醉非醉地舞着

一朵带着黛青色的积雨云
悬成了一个巨大的问号

一根白发

从唐朝的长安长出
在宋朝的临安变白

与一颗乳牙萌出不同
与一弯胚叶伸出不同

它与落日同道
与弩箭滑落同轨

我在淀山湖等你
（外一首）

曹伟明

一望无际的湖水
被春风吹皱唤醒

大观园里
走出了久宅的"探春"
千丝万缕的新柳
让人们勃发了诗兴

春江水暖
荡漾着春心
江南浪漫的爱情
往往总是从桥上发生
长长的彩虹桥
传达着绵绵的诗性

江南无所有
聊赠一枝柳
春柳，春留
江南用最美的景色
伴你一生四季如春

残荷之美

斜阳如锻火
一锤一锤地敲落下来
黑戳戳的杆子，倔强地顶着天

没有娇艳，也没有妩媚
如一个铁汉子，倒下之前
在心深处，雕琢一座碑

大莲湖的池杉
（外二首）

莘小龙

池杉的一只手指，如笔尖
径直向着天空，它一定想写点什么

湖水和淤泥知道，但它们愿意为此
守着秘密

风过来，想给它再借助一点力道
看看它究竟能在天空
留下什么

一朵花立在地上，低头想
那些文字如果落到人间
会不会有光

宽窄巷子

宽巷子不宽
它容不下我一个眼神
只需一个转身
就能触摸到历史的印痕
窄巷子不窄
它收留下我疲惫的身心
每一个门户
在喧嚣中
展现世间的宁静

宽巷子通达天下
窄巷子生动人生
行走在长长短短的青石板街上
宽宽窄窄捉弄人
人生的穿越
宽巷窄巷都是风景

淀浦河的早晨

黄梅时节
河面传过啪啪啪的机船声
万寿塔气宇轩昂
几只小船停靠在石岸边

微风湿润，细雨轻轻
生怕一不小心，植物们会受伤

梅　雨

太阳躲进了乌云
之前它连续加班，大概是累了

月亮在天空的背面
一言不发。星星刚好趁这个机会
闭眼休息，它们每夜都要不停眨眼
睫毛都快丢下来了

几只鸟在房檐下躲雨
它们在思考，这个雨没有半个月
肯定停不了，接下来
该去哪里觅食

如果地球能抛起来（外一首）

纪福华

59岁，他是亚残会年龄最大的运动员
他高位截瘫，站不起来，走不了路
月亮都怀疑，他是怎么学会打球的

据说，他刚开始练习打乒乓球
把星星当乒乓球打
所有的星星都打落了
便把月亮当乒乓球
每个月的月亮，都被打得缺了一块
然后再换一个月亮

我确信，如果地球能抛起来
他也敢挥拍

呼伦贝尔放牧驯鹿的鄂温克人

大兴安岭与呼伦贝尔交界处的原始森林
像一本书的折页
前页是古风，后页是新韵

加榜的梯田
（外一首）

陈曦浩

七月，加榜的田野
绿得令人晃眼
一层层，从山脚一直攀上山顶

穿透了云贵高原的黄昏
鱼鳞般的清晰

晚风伸出清凉的纤指
缓缓地弹奏起，山寨的小夜曲

曲折之水，弯绕在静寂之上
白云、蓝天、苍鹰
斑斓的田野，是这片神秘地域的
脸谱

古风和新韵间，住着鄂温克人
长生天把驯鹿交给他们
却总被赶进古风中放牧

他们也放牧星星
晚上再摘下星星，安在桦树皮做成的
鄂温克式帐篷"撮罗子"里
把一个个神话讲给呼伦贝尔大草原听

走进他们的家
就像走进鄂温克原始部落的神话
晚上，没有电，小屋里点着蜡烛
那是黄昏时摘回的星星

夜行人（外一首）

胡理勇

蝉撕破了喉咙的叫唤，让十点半的
夏夜更加寂静
黑暗中的小路在茅草丛里穿越
像一条蚯蚓的蠕动
夜行人被没收了影子

时间长河里的石头，圆的，方的
像个个沉默的灵魂
激流飞湍，谁都活得不易

精心打制的花房，竟成了蛀虫们的
避难所。梁啊，柱啊
都是上等木材，都摇摇欲坠

蝉的鸣叫里暗藏悲怆。像新娘子
感叹良宵苦短。像英雄感叹迟暮之年
所幸我分得了几分月色
精心裁剪，缀满星光
保我一生无虞

古渡荒滩

一缕月光在何处停泊？
古渡无舟，只有满眼的荒草
在瑟瑟的秋风里颤抖

一弯冷月，如当年的腰刀
撒下几分凄凉的寒光

当年码头的石柱、石条
不舍地残留在荒滩上
岸边的垂柳还在等候谁的折枝

江波无声，鸟雀失语
古渡，恍如一位沉默的老人
把过往的繁华和荣耀
悄悄地掖进，打满补丁的袖筒

风

风没有目的,也没有目的地
不是使者,也不是恺撒的爪牙
就像古匈人贸然闯入欧洲
扫荡了,蹂躏了,就完事了

一页树叶,愤懑地离开了家
在空中流浪,不断攀升
觉得自己独立了,了不起
实际上是风的玩物

别跟风谈感情
它悲伤着自己没有故乡

风在风中取得一切,就像
火在火焰中拾取它所需的东西

我热爱风,它给你一切
就像春天给江南水乡的绿
就像秋天,剥夺你一切
它相信,所有都是它的果实

鹤群飞越喜马拉雅山
(外二首)

百 川

白雪覆盖的珠穆朗玛峰从未想到
有一天它会和瑞鹤图的宫殿互换位置
不是二十只,而是数百只蓑羽鹤
一起张开天地间最神秘的羽翼——

在蓝天之下,白云和雪峰之上
它们优雅的姿势从未出现在梦境
却正绘画世界最高峰并仍向上生长
尼泊尔人曾说,太高了鸟都无法越过

每年都会有五万多只蓑羽鹤
为了到印度过冬,必须飞越喜马拉雅山
它们从隐士的鹤,瑞鹤图的梦境
或者无名旷野松枝上振翅飞来——

它们有幸俯瞰整个白雪皑皑的群山
白云在山下沉浮让鹤群的飞翔
牵引遥远的注视而播种美的秩序
某一个时刻我站在纳木措眺望这座雪峰

多少年已经过去了,现在鹤群飞越雪峰

绘就的瑞鹤图抵达千年来美学的巅峰
它们如此优雅的飞行的身姿——
布满山巅之上的蓝天并占据了这首诗

像穹隆那样写下

像穹隆那样写下风中摇曳的山丹
独自一株红花游于虚空之境
相伴的石头属于整个太行山脉
山村在时间的磨蚀中失去了人烟
北魏建筑的佛寺遗址也已被抹去
多少遥远的记忆都变成虚构
永恒西沉的日落寻找另一个黎明
在火焰即将熄灭前找到盗火者
比转瞬即逝的星辰更加遥不可及
词语里埋藏着所有宇宙最初的秘密
而诗人虽曾涌现，犹如大海已经退潮
连自己都被遮蔽在无意义的符号里
只有纯粹的涟漪还在宇宙间荡漾
在被风吹得如此干净的岩石上
积满人类的历史，寂静而又明彻
将其命名为神话从此不属于我们
死亡带走一代又一代征战的军队
他们曾经骑着马像鞑靼人一样游荡
即使拥有整个欧亚，在书籍里
也只有焉支山成为他们的著述
一把曾在荒野战斗过的铁剑
昭示着像史前巨人一样腐朽的命运
白昼将尽，月亮高悬在那里
仿佛是一个馈赠，永恒又易逝

因此我不知道我是谁的梦境
我阅读来历不明的易经和黄帝内经
这些无数世代流传着的文本
其中有关天人合一运转的秘密
时间从未磨损这些永恒的篇章
万物和人类从经典的秩序里涌现
那些星辰，旋转着组织成银河
地球宛如一粒尘埃如此神秘莫测

苍　鹭

在雪松长长的树枝上，苍鹭迈着优雅的步子
走向女伴，将嘴里衔着一根枯草递给她。
亲吻般的接过这枯草，转身迈向巢穴——
举首投足间，这一刻像极了爱。

一对爱侣如此纯粹的活在当下——
除了一千年前那双捕捉美的眼睛，
谁又会在意它们在松枝上走姿，究竟先迈
哪条腿，或是像极了瘦金体。

尽管爱巢还未筑就，它们的精神却如此高远，
没有什么能影响彼此的爱意和节奏。
仿佛古代的书生外出砍柴，
将换成的几枚碎银交给妻子。

这一刻，在它们眼里没有星球，死亡和遗忘，
雪松裸露着绿叶，大地上雪快消逝了。
书写山海经的那个人也消逝了——
苍鹭依然不紧不慢的刻画着瘦金体。

季 节（外一首）

徐 焱

我把名字
写在沙滩上
就像海水
拥抱了大海

我把夏天
塑封邮寄了
就像云朵
奔向了蓝天

我把秋天
打包带走了
就像思念
篆刻在心上

我把冬天
留给了空白
就像春天
把色彩留给
四季

邂 逅

阳光
在枝叶间
寻觅着
树下的孩童

圆圆的光晕
塞满暖暖
背靠着背

春天
书写着幸运
洒在睫毛上
呼扇呼扇

撞醒春的耳朵
邂逅
这场春天的盛宴
转身与夏天
重逢

诗 话

古 心

（一）

"诗是经验"，很多人以为这是里尔克的观点。但当你读了里尔克太多关于诗歌的思考，总结起来看，准确地说，里尔克的观点应该是"从经验里溢出来的东西"，也就是说，里尔克的诗观越过了情感与经验，虽然他重视体验，但显然，他看中的是由此而来的"沉淀"，只有足够的积累与沉淀，以及在此基础上的发酵，诗才会出来。

（二）

哪怕是"歧途"，对于一首诗的最基础性的判断必须形成，之所以这样说，在阅读的基础上形成的判断力，是一个人的精神力的体现。一首诗之所以不同的人读到的感觉不一样，其原因也在于此，但好的文本一定经得起"误读"，对于一首诗来讲，倘若能够经得起时间的审视，甚至能够从陈陈相因的文本里突围出来，其经典性就不言而喻了。经典并不意味着完美，只意味着作为一个个体的成熟，至于其长与短，承载的精神能量轻或重，那要看诗人本人的精神能量如何。说到精神能量，就不得不考察一个诗人的精神结构与面相，但这属于"大词"，容易模糊，所以，要真正地了解甚至理解一个诗人，那就要诚实地阅读诗人的文本，并且真正地深入文本的内部，无论其显性抒情，还是隐性表达，作为"语言"的工作者，其本人一定是有所寄托的，王国维说"一切景物皆情语"，当然，他主要针对的是古诗，关于古诗的问题，陈先发有一个表述特别值得重视："中国古典诗歌，在本质上最要害的问题是批判精神、质疑精神和自我反省的匮乏，它是描述性的，而不是层层剥开的"，对于这一问题的理解与消化，也意味着一个现代诗人可能的突围，那种洛夫式的还在唐诗里"解构"者，虽然不能说是"歧途"，但可能是一种"故步自封"甚至泥潭式的沉浸而难以自拔却不自知。从陈先发的具体文本来考察，尤其是诗集《九章》中《敬亭假托兼怀谢朓九章》与《入洞庭九章》两组诗，是典型的陈氏书写，其可贵之处就是我一直强调的"突围"，即使面对那些伟大的历史与伟大的诗人，陈先发都是以"此在"的姿态向历史的存在发出叩问，既不臣服，亦不妄自菲薄，而是坚定地彻底地以现代精神的思维来审视它们，并从思想与艺术纬度对他们进行吸收与重构，也就是特别难能可贵的只是把他们作为"资源性存在"进行资料性取舍，这其实有一个"我"的问题，进一步说，当这个"我"是宇宙之心、现实之怀、理想之地……一个人精神的沸腾就可能通过语言流泻出来，这一精神质地尤为重要，它是诗人能够直面甚至"击打"万物并产生诗意"回声"的最基础也是最深度的存在。也只有有了这一状态，一个诗人的境界才可能慢慢出来，而这种境界和古典诗词里的儒释道精神并不完全相通，它一定是渗透了理性精神与经验层面的叠加之后的升华，是开阔的，又是"窄门"式的，充满了写实，也充满了变形，有各种主义的影子，但都不是束缚诗人的绳索，而是一种引子或因子，在此基础上，诗人一定是从身边的具体的情状出发，必然以凝视的状态进行击破"物体"本身的物理形态，进而可能从其他学科层面进行瓦解它，使得其在诗人形而上的追索中，也可以理解为希尼式的"挖掘"中，从语言的内部寻求诗学的伟大突围。所以，进行诗歌创作，必须要有一种破与立的"勇"，甚至要"置于死地而后生"，一切看起来那么平静，但一切又那么惊心动魄，永远焦虑，但因为诗意的一次又一次潮水般地涌来，使得一颗焦虑的心获得了安慰。

（三）

诗意犹如幽灵，是一种隐秘的存在，我们在感官世界里活动，于是以词语进行记录，甚至动用了各种技巧来对感受进行"落实"，应该说，能至于此已经是经验主义的上乘，倘若没有一个精神指向的追问，就可能流于情感与情绪的宣泄，这不仅是遗憾的，甚至会形成一种痼疾而难以自拔。所以，要时刻警惕这样一种沉溺式的自我复制，而能够让我们由此突围的，一定是思想层面的提高甚至跃升，倘若说要寻求一个路径，那就是哲学，也必须是哲学，也就是说，要下一个功夫，就是从古典哲学到现当代哲学的发展与流变梳理出一条线索，而这个线索虽然不是你文本里的"幽灵"，但它一定对"幽灵"起着巨大的作用。

（四）

关于情感气息，对于有的诗人来讲，他的作品近乎天然，也就是说很大程度上取决于天赋，例如聂鲁达的《二十首情诗与绝望的歌》，这部奠定了聂鲁达世界级大师地位的爱情诗集，尽管充满了抒情的笔调，尽管也用了很多修辞，但都没有冲淡他自身生命所特有的情感气息，从这一点来思考，必须承认，对于伟大的诗人，天赋是客观的。但也有一种情感气息，靠的是营造，靠的是匠人精神，靠的是经验，同样可以抵达伟大与隽永，如伟大的诗人里尔克，尽管短暂地做过罗丹的秘书，但就生命整体，他和布罗茨基类似，近乎"职业诗人"（有点类似于我们今天的专业作家），而里尔克与布罗茨基，他们创作的根本点还在于从人类的根本困境出发，从最基础的人道主义出发，往往带有强烈的理性精神与批判性。当然，我们并不能把诗人的世俗身份进行对立，只是做一个现象的考察，但无论如何，衡量一个作家的最根本的还是作品的质量以及是否经得起时间的检验。也因为这一点，成就一位卓越的诗人往往都需要耐心，需要时间。

（五）

相对而言，散文充满了揭示，诗歌中多的是暗示，当然，在当代诗歌的表达中，随着叙事体多起来，仿佛散文与诗之间的地带模糊了起来，但不可否认的是，即使那样，关于诗的东西必须在，那种诗性与诗意，对于真正的诗来讲，都是可捕捉的，当然，读者自己也需要相应的素养，所以，我们说伟大的诗歌在寻找伟大的读者是有其道理的，就仿佛一匹好马在寻找出色的骑手。

（六）

日常性，必须以精神性为底色，且是带有警醒的思想意识，这样，真正意义上的生命叙事才是可信的，因为这有一个生活真实与心灵真实的双重问题，只有把它们有效地统一起来，你的日常性才可能呈现有价值的文学性。诗人北岛说过："诗歌与生活有一种古老的敌意"，这个说法是有一定道理的，也就是说，你必须对于生活有相当的观察与审视，这就要你既要深入生活，又要有旁观者清的意识，由此对于生活之种种有一个心灵意义上的重构，这样，在表达时，语言所呈现的才不是简单的生活记录，不是流水账式的平面的推进，而是一种立体的复杂的精神状态的真实，而这种真实是带有省察意义的，甚至相当多的内容都是将"无明"进行了"证悟"之后的澄明，我们固然珍视"澄明"的结果,而对于形成"澄明"的过程化努力,这才是一个艺术家最见功夫的地方。

（七）

一个诗人,特别重要的能力就是对词语的激活能力,之所以反复强调这一点,是因为习惯甚至陈陈相因的陈词滥调已经阻碍了语言的更新,尽管网络发达,新词汇在涌现,但如何对词语进行精神性定位,由此向诗性推进,才是一个诗人的根本,这一根本的确立仍然是来自于思想的活跃性,只有思想抵达并在词语间穿梭缝合等,语言才会出现"新质",甚至摇曳生姿。因此,我们评价一首诗,必须要足够敏感地去捕捉一首诗中的精神线,由此就可以考察出词语在此文本中的"有效性",之所以强调词语的"有效性",就是要求诗人必须时时刻刻是一个"新人",一个对于窠臼有着足够警惕的人。对于一首诗来讲,古人强调的"炼字"与"炼句"仍然有其意义,但这是为"炼意"做准备,那种突然性的到来（也就是我们常说的灵感往往也在此发生）也才是可靠的,所以,很多时候,写作准备大于写作过程,这一点,汪曾祺堪为典范,尽管他以小说盛名,但对于诗歌以及其他文体的写作,同样适用。

《上海诗人》理事名单

| 常务理事 | 陈金达 |

王统照的诗及其他

韦 泱

在现代诗人中，王统照的名字似乎较陌生，不太把他当诗人，这可能是过去阅读的误会，或我的孤陋寡闻。当我读他的诗集《江南曲》，觉得应为他写几句话，至少应把我的阅读感悟和体会写出来。

《江南曲》初版于民国二十九年四月，由文化生活出版社出版，列巴金主编的"文学丛刊"第六集，这集十六册中，短诗集就《江南曲》一种，其余多为小说、散文或戏剧、长诗集。诗集选短诗十四首，分两辑，前面十二首为第一辑，后面有稍长的两首为第二辑。诗人在《自序》中，对为何用"江南曲"作书名，有如下的说明："用'江南曲'这个现存的旧名，别无深意，只证明这集中的

王统照
《江南曲》书影

分行文字都是滞留在江南这片土地上时所写出的记忆与兴感。因为'江南春'太俗靡了，'江南怨'太悽惶了，且不与内容谐调，末后，还是藉用这个'曲'字，也藉以表示这些文字并非堂皇大雅的诗篇。然而，'曲'谈何容易，偷此一字尚觉慊然"！那么，在写作这些诗篇时，诗人有何感想哪？他谈到："生活于这样苦难的时代，也就是使每个人受到严重试验的年代里，无论在甚么地方，所见、闻、思、感的是何等对象，谁能漠然无动于衷？当情意愤悱，又无从挥发的时候，偶然比物托事，涂几首真真不能自已的韵语，固可少觉慰安，同时，也深增惭愧！我每每在写完一首之后，抚摩着手中的纸笔，茫然四顾，不知所可"。这说出了时代的悲切和诗人的无奈。再看诗歌《谁能从你心底把暮愁浇消》："谁能从你心底把暮愁浇消／庭院、郊原，还有轻浮着／梦痕的水道，一行弱柳／一片桑阴，柴门外柔波／荡影的小桥。听：音变了／那婉转黄莺春光催老……"。这样的诗篇，已然是成熟的现代诗创作技法了。因为，这已是他的最后一本诗集了。

王统照（1897—1957）字剑三，山东诸城县人，出生在一个富有的地主家庭，小时在家乡读私塾，一九一八年到北京读中国大学英国文学系，参加"五四运动"并开始创作小说，在《新潮》上发表。一九二一年，成为"文学研究会"发起人之一，该会创办《文学旬刊》（后改为《文学周报》）。这是我国第一个文学社团，成员中有不少写白话新诗者，如周作人、俞平伯、徐玉诺、朱自清、刘半农、冰心、朱湘、梁宗岱、刘延陵等。王统照编辑着社刊《文学旬刊》，他在这个社团中"诗龄最长、诗作最多、诗集最多"，一九二二年与刘延陵筹办中国第一个现代新诗刊物《诗》，后与鲁迅有交往，游学日本归国后到东北旅行，将沿途见闻写成报告文学集《北国之春》，揭露日寇的侵略罪行。一九三三年，他写下反映日本帝国主义疯狂侵略下民族危机的长篇小说《山雨》，预示着"山雨欲来"的国内局势。此书与同时期出版的茅盾《子夜》一起，被称为"两部现实主义的长篇巨制力作"。虽然此书大受读者欢迎，却遭到当局查禁，他不得不离开上海，去欧洲游学，到英法德意荷等国，两年后回到上海，接替张天翼主编《文学》。一边编刊一边兼任暨南大学教授，并参加上海文化界抗日活动，一九四二年"皖南事变"后，辞去一切职务，回青岛老家，一度任职山东大学教授。除《山雨》，他还出版过长篇小说《春花》《一叶》，短篇及散文集《春雨之夜》《号声》《霜痕》等。诗集有一九二二年与朱自清、叶圣陶合作的《雪湖》，一九二五年的《童心》，以及《这时代》《夜行集》《横吹集》，在早期白话诗人中，他确是成果丰硕的老资格诗人了。虽然，"文学研究会"把文学看作是"人生的镜子"，以此来倡导面向人生的现实主义文学。这在中国现代文学史上，有着积极的意义。而在王统照的笔下，则多方面对白话诗作了可贵的艺术探索。他早期翻译了不少外国诗，发表在《诗》《文学旬刊》上，这无疑拓宽了他的视野，在他的诗中起到了借鉴作用。如长诗《她的生命》，采用的不是传统的民间说唱式的，也不在故事的完整叙述上，而是更多注重于主人公的情绪演化、跌宕起伏中使诗的跳跃度更大，这也丰富了现实主义的创作。面对新诗初创时期过于散文化的弊病，他作了不少努力，虽然没有提倡新诗格律化等问题，但在诗的创作实践中，摸索着诗的多种创作可能性，尽量把诗写得既有规范、又无约束，朴素而又自然，使诗更像诗，保持其艺术的丰富性和多样性。他觉得："写一篇能够看去像样的短篇小说，比写一首像样的小诗省事得多"。可惜的是，《江南曲》之后，诗人生前就没有再出过诗集。他建国后任山东省文联主席、文化局长等，只出版过一本《炉边文谈》，一九五七年因病去世后，出版了《王统照诗选》。一九八二年，山东人民出版社出版了《王统照文集》，第四卷是他的诗集，编入他的新诗和旧体诗共五百余首，较全面地反映了他的诗歌创作成就。

说起王统照，不能不说他与陈毅将军的关系，与印度诗人泰戈尔的关系。早年他与在北平香山中法大学读书的陈毅相识，虽然王比陈大四岁，却一见如故成为莫逆，他鼓励陈毅写作，将他的短篇小说《报仇》《十年的升沉》，诗歌《春光》《游云》等发表在《文学旬刊》上，还介绍他加入文学研究会。一九五四年夏天，他们在山东泉城重逢，

《王统照文集》第四卷（诗全集）

有聊不完的话。一九五七年得悉王统照病逝，陈毅悲痛地在《诗刊》发表悼念诗："剑三今何在？墓木将拱草深盖，四十年来风雨急，书生本色能自爱"。

百年前的一九二四年，中国讲学社邀请印度诗圣泰戈尔访华，并商定由徐志摩担任泰翁讲演的翻译，王统照为讲演录的编辑，并一起负责安排陪同泰翁的日常行程。在泰翁到来之前，他与徐志摩到上海作好前期筹备，徐留在上海迎接泰翁访华第一站，王则提前赴南京，作好下一站的各项准备工作，后与徐一起陪同泰翁从南京去济南。第二天，在山东议会大厦，徐志摩任翻译，王统照主持泰翁演讲会并记录下泰的演讲《中印文化之交流》。泰翁济南结束访问后由徐志摩陪同北上，王统照因负责管理泰翁一行的行李

稍留一些时间，随后再赶往北京。王统照协助徐志摩默默做好接待泰翁工作，既展现出他对泰翁的尊敬，也可看出他与徐志摩的深厚友情。徐志摩不幸遇难，王统照写下《悼志摩》长文，说道："志摩认真的诗情，绝不含有任何矫伪，他那种痴，那种孩子似的天真实能令人惊讶"。

在泰翁访华前后，王统照写了《泰戈尔的人格观》《泰戈尔的思想与其诗歌的表象》，先后发表在《民铎》和《小说月报》上。又有《泰戈尔诗杂译》，发表在《文学旬刊》上。在中国早期现代诗人中，受泰戈尔诗歌影响最大者，一个是冰心，一个就是王统照。泰翁获得诺贝尔文学奖后，他的诗开始陆续译介到中国，王统照等一些中国诗人通过模仿和借鉴泰翁的诗歌，开始走上创作之路。在泰翁访华期间，对其宣传和推介有两个重镇，一个是郑振铎主持的《小说月报》，另一个就是王统照主持的《文学旬报》。《文学旬报》对泰翁访华报道，从一九二三年到一九二五年持续不断，如对他访华事件的连续跟踪，他的作品翻译、评论和研究，他的演讲翻译与整理发表等，形成了较大的宣传阵势。这些都可以看出，王统照对文学作品爱与美的理念，与泰翁的思想观、创作观是何等契合，他也在自己的创作中构筑着这一思想体系。也许，王统照的小说成就罩盖了他的诗歌创作，诗坛对王统照的诗歌关注度显得不是太够。但这依然不妨碍王统照定位中国现代诗人中的先行者、佼佼者。

图书在版编目（CIP）数据

数码时代掠影 / 赵丽宏主编. -- 上海：上海文艺出版社, 2024. -- ISBN 978-7-5321-9201-4

Ⅰ. I227

中国国家版本馆CIP数据核字第20245EQ460号

责任编辑：徐如麒　毛静彦
美术编辑：雨　辰　沈诗芸
封面设计：赵小凡

数码时代掠影
赵丽宏　主编
上海世纪出版集团
上海文艺出版社 出版
201101 上海市闵行区号景路159弄A座2楼
上海文艺出版社发行中心发行
201101 上海市闵行区号景路159弄A座2楼206室 www.ewen.co
上海昌鑫龙印务有限公司印刷
开本 787×1092 1/16　印张 7　插页 2　字数 123,000
2024年12月第1版　2024年12月第1次印刷
ISBN 978-7-5321-9201-4/I.7219　　定价：12.00元

告读者　如发现本书有质量问题请与印刷厂质量科联系
T：021-52830308